飛び降りようとしている女子高生を助けたらどうなるのか？ 3

岸馬きらく
イラスト／黒なまこ
キャラクター原案・漫画／らたん

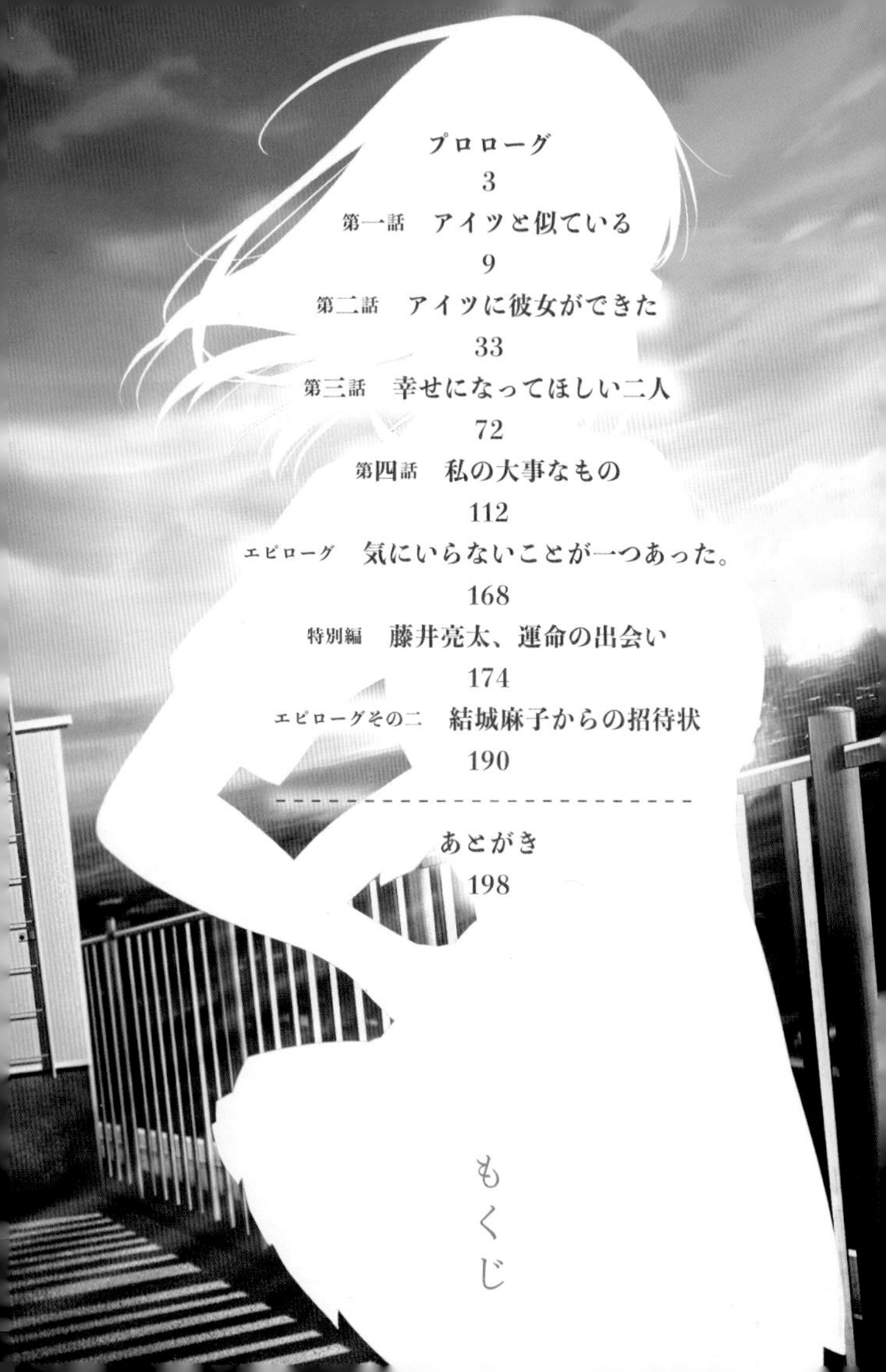

もくじ

「……アタシ、思ってたよりも結城のこと好きだったのね」

「……九・八モルパーリットルぅ……ぐう……」
「ふふ、なんの夢見てるのよ」
大《おお》谷《たに》翔《しょう》子《こ》
結城の唯一の女友達。小鳥との一件では結城の良き相談役だったが……。

飛び降りようとしている女子高生を助けたらどうなるのか？3

岸馬きらく

角川スニーカー文庫

22980

Illustration：黒なまこ・らたん
Design Work：伸童舎

プロローグ

大谷翔子《おおたにしようこ》が結城祐介《ゆうきゆうすけ》に出会ったのは、高校に入学したその日のことだった。

入学初日の振る舞いというのは、色々と少年少女たちの頭を悩ませることが多いだろう。

特に大谷のように同じ中学から上がってきた生徒の少ない人間にとっては、この時の行動によって今後の学園生活が左右されると言ってもいいかもしれない。

だが、大谷はこういう時にやることを決めていた。

とりあえず自分の近くの席の人間に挨拶《あいさつ》して話をするのである。

席が近いということは常に顔を合わせるということであり、仲良くなっておけば「深い友人」になる確率が高い。

そしてその相手はできるだけ「クラスにまだ友達がいなそうな相手」の方がいい。

すでに沢山の友達がいる相手は、そのグループと新しい友人とのバランスをとるのが大変で迷惑に感じたりするからである。

そういう意味で、自分の前の席に座っている「結城」という男子は非常に声がかけやすかった。

「……（カリカリ）」

何せ、入学初日の朝のホームルーム前ですら参考書を広げて黙々と勉強をしているのだ。

先ほどからカリカリと、参考書に答えを書き込む音が前方から絶えない。

間違いなくこの男子は現状、このクラスに友達などいないだろう。

（あとは、単純に興味が湧いたわ）

こんなときまで勉強しているのだから「よほどのガリ勉なのか？」と思ったが、その割にはかなりスポーツをやりこんでいるようなしっかりした体形をしているのだ。

というか、いくら勉強ばかりする人間でも、これだけ周りがクラスの新しい友達作りにワイワイと立ち回っている渦中で、わき目も振らずに参考書を解いているというのは異常だろう。

そんなわけで、大谷はこの奇妙なクラスメイトに話しかけてみることにした。

「ねえアナタ、名前は？」

「……（カリカリ）」

大谷が呼びかけても返事はなかった。

そもそも気づいてもいないようでひたすらにカリカリと、参考書に答えを書き込む手を動かす。

「あんたよアンタ」

「……（カリカリ）」

今度はかなり大きく強い声で呼びかけるが、全く反応なし。

「あのー、もしもーし」

このままでは一生向こうはこちらに気づかないと思った大谷は、前の席の男子の背中をツンツンと突《つつ》いてみる。

すると。

「……」

前の席の男子のペンを走らせる音が止まった。

「ようやく気が付いたわね」

それにしても凄《すご》い集中力である。

邪魔をして悪かったかもしれないなと、大谷は少し思った。

まあそれなら、とりあえず挨拶だけでもさせてもらうとしよう。

「せっかくご近所の席になったんだから名前を……」

しかし。

「……ああ、ここのサインはコサインに変換するのか」

男子はそう呟《つぶや》くと、再び参考書に答えを書きだした。

ビキリ、と大谷のこめかみに青筋が浮かび上がる。

確かに勉強に割り込んだのは自分だが、そこまで無視されるようないわれはない。

大谷は男子の襟首を摑《つか》み上げると、強引に自分のほうに引っ張る。

「ぐえぇ⁉」

男子生徒はカエルが潰《つぶ》されたような声を上げて、ようやく後ろを振り向く。

「な、なんだお前、急になにしやがる⁉」

「サインだか、コサインだか、ウサインボルトだか知らないけど、人の呼びかけ三回も無視するとはいい度胸してるじゃないの……気にいったわ、名前を聞いてあげるからさっさと名乗りなさい」

「は、はあ？　何がどういう」

しかし、大谷が眉間《みけん》に皺《しわ》を寄せてギロリと睨《にら》みつけると、その男子は気圧《けお》されたらしく
「お、おう」と言って自分の名前を名乗る。

「……結城、結城祐介だ」

結城祐介。後に二年生でも同じクラスで同じ席の位置取りになるその男子は、やや寝不足で隈《くま》ができた目でこちらを見ながらそう言った。

「そう、アタシは大谷。大谷翔子よ」

「……二刀流やってそうな名前だな」

「残念ながらアタシ、百合《ゆり》は得意なジャンルではないわ」

「？？？」

大谷の言葉に、心底何を言っているのか分からないといった様子で結城は首をかしげるのだった。

それが、大谷翔子と結城祐介の出会い。今になって大谷は思う。

この初めて会話を交わしたときから自分は、なんとなくだがこの変わった男が嫌いではないと思っていたかもしれないと。

第一話　アイツと似ている

——入学から一か月後。


「行ってきます」

大谷翔子《おおたにしょうこ》は自宅の玄関で靴を履きながら、そう言った。

「相変わらず翔子ちゃんは早いわねぇ」

そんな大谷を見送るのは、おっとりした感じの女性である。

「則子《のりこ》さんも、今日は夜勤でしょう？　いいのよ、わざわざアタシに付き合って起きなくても」

「あら。母親として、学校に行く娘を見送りたいと思うのは当然でしょう？」

「そんな……だってアタシは……」

だがニコニコと微笑む則子を見ていると、大谷はその先の言葉を言うことができなかった。

「お父さんは？」

「優太《ゆうた》さんなら、また机の上で寝てるわねえ。体に悪いからベッドで寝てくださいって言ってるんだけど……」

「そう……相変わらずね」

大谷は小さい頃から何度も見ている、父親が作業机で腕を枕にして寝ている姿を思い描く。

「じゃあ、行ってくるわ」

「はい。行ってらっしゃい」

大谷は母親の声を背に、ローファーの靴音をさせながら玄関を出て行った。

◇

大谷は朝の学校が好きである。

まだ誰もいないくらいの早い時間が特にいい。

普段は人が多くガヤガヤとしている空間がシンと静まり返っている中、一人でいるのがたまらなく心地よい。

中学時代から、朝誰よりも早く登校して漫画や小説を読んだり絵を描《か》いたりするのが大谷の習慣だった。

ところが、高校になってからはいつも先客がいるのだった。

「……（カリカリ）」

入学式の日に襟首を掴み上げた男子、結城《ゆうき》である。

この男、大谷がどんなに早く学校に来ても必ず先にいて、一人で黙々と勉強をしているのである。

ガラガラと、大谷がドアを開けて教室の中に入ると。

「……ああ、おはよう大谷」

結城は少しだけ参考書から顔を上げて挨拶《あいさつ》をしてくる。

「おはよう結城。相変わらず気合い入ってるわね」

大谷がそう返すと、結城は特に返事はせずすぐに参考書に顔を戻して勉強を再開する。

だいぶそっけない態度であるが、これでもマシになったほうである。

少し前までは、大谷が入ってきても見向きもしなかった。こうして、一言でも挨拶をするようになったのだから進歩である。

大谷は自分の席に座ると、昨日読みかけていた小説を広げて読み始める。

結城は相変わらず黙々と勉強を続ける。

教室は静寂。

聞こえるのは大谷が本のページをめくる音と、結城がペンを走らせる音だけ。

（……なんか落ち着くのよね。この時間）

中学までとは違って、朝の教室は大谷のものではなくなった。

それでもこの前の席に座る男子との二人の時間を大谷は、悪くないなと思っているのだった。

◇

「はい、じゃあ今日はここまでなー」

担任教師がそう言って教室を出ると、生徒たちは一斉に自分の席を立って各々放課後の予定へと向かっていく。

ある生徒は部活に、ある生徒は友人たちと遊びに、ある生徒は一人スマホをいじりながら教室を出ていく。

さて、そんな中、前の席の結城はというと。

「よし」

さっさと帰る準備をして一目散に教室を出ていく。

ちなみに、右手に丸めて持っているのは藤色の作業服である。どうやらバイトをしているらしい。

（……朝からあんだけ勉強した上にアルバイトとは、せいが出るわねえ）

大谷は結城の姿を見てそんなことを思う。

ちなみに大谷は、帰宅部だが放課後になってもしばらく教室でゆっくりする派だった。

教室が好きだからというわけではなく、単純に下校する生徒が多くなる時間帯を避けたいのである。一通り人の移動が終わってから、ゆっくりと下校するのだ。

別に人が嫌いなわけでもない。クラスにもクラス外にも主に趣味で繋《つな》がった友人はいる。

ただ単純に、騒がしいのが嫌いなのである。

そういうわけで、放課後は出された課題を答えを見ながら適当にこなしつつ、余った時間で今ハマっているスマホゲームで遊んで過ごす。

こうして過ごしていると、大谷は自分のことを「上手《うま》くやっている人間だな」と思う。

要領が特別いいわけではないが、自制心が利くタイプなので高校生活に変に浮かれたりせず、クラス内でも上手くグループを作って立ち回って、自分の過ごしたいように時間を過ごしている。

その代わり、どうも自分には他のクラスメイトのような「夢中さ」みたいなものが、無い気がする。

放課後の人がほとんどいなくなった教室に響くのは、吹奏楽部のトランペットの音や運動部の何を言ってるかよく分からない掛け声。きっとそれらは本当にごく一部の人間以外将来お金になるようなことではないだろう。

彼氏がどうこうと毎日のように、泣いたり喜んだりしている友人もいる。高校生のカップルなどほとんどが将来結婚まで行くことなどないのだから、もっと余裕をもってもいいのにと思う。

それでも彼らは今はそのことに「夢中」なのだ。

それが、大谷には少し遠く羨《うらや》ましくもある。

自分がもう少し不器用な人間であったなら、彼らのように何かに熱中できるのだろうか？

「まあ、アイツくらいまでいっちゃうのもどうかと思うけどね……」

大谷はそう言うと、自分の前の席を見て呟《つぶや》いた。

あの勉強に向かう姿勢は「夢中さ」を通り越して、狂気すら感じる。

しばらくして日が少し傾き始め生徒たちもまばらになった頃、大谷は席を立って下校するのだった。

◇

大谷が帰宅したのは、すっかり日も暮れた午後八時頃だった。

帰り道に行きつけの本屋に寄って、何冊か気になっていた作品を買った後、そのままこれも行きつけの人が少ない喫茶店で買った本を読んでいたのである。

帰宅部の大谷だが、時々こうして外で時間を過ごしてから帰ることがある。結局やることは家にいるときと大して変わらないのだが、また少し違った感じがしていいのである。

「ただいま」

大谷がそう言っても、家の中から返事はなかった。

「……はあ」

こうなった場合、パターンは決まっている。

この時間、則子は仕事に行っているので家にいない。

だが、もう一人はまず間違いなく家にいるはずだ。というかあの人はほとんど外出しない。

なのに返事がないということは……。

大谷は靴を脱いで廊下に上がると、階段を上ってある部屋の前に行く。

ドアは半開きのままになっており、中からはインクの匂いが少し漂っていた。

「やっぱり、また机の上で寝てる」

大谷が部屋の中に入ると、そこには画材が散らかった部屋で一人の中年の男が机に突っ伏して寝息を立てていた。

父親の大谷優太である。

大谷は優太の体をゆすりながら言う。

「ほら、お父さん。起きなさい」

「ん……」

娘に起こされて優太は顔を上げる。

ぼさぼさの黒髪に忙しくて剃《そ》っていないであろう無精ひげ、背は高いほうだがスリムというよりガリガリという感じの体、目元は雄々しい力強さみたいなものとは無縁の頼りなさそうな垂れ目である。

優太はしばらくきょろきょろと周りを眺めると、大谷の顔をまじまじと見る。

そしてこれまた覇気のない、ノロノロとした声で言う。

「……ああ、おかえり。翔子ちゃん。今日はどうしたんだい？　そんなスモッグかけたみたいなぼやけた顔をして」

「完全に寝ぼけてるわね。ほら、眼鏡。かけなさい」

大谷は机の上に放り出されていた優太の眼鏡を拾い上げると手渡した。

大谷にも遺伝した視力の悪さは、眼鏡なしではこの距離でも視界がぼやける。

「寝るならちゃんと寝なさいよ」

「悪いねえいつも気を遣わせて。でも、まだ原稿残ってるから、も少しやるとするよ。あ、則子さんには内緒にしてね。今朝注意されたばっかりだから今度はさすがにちょっと怒られそうだし」

優太は眼鏡をかけると、ペンをとって下描き済みの原稿用紙にペンを入れだした。

「ちゃんとベッドで寝てからでもいいのに……」

「そうは言っても、週刊連載は待ってくれないからねえ」

大谷の父親は、週刊誌で連載をしている漫画家である。

ありがたいことにそれなりに長い間売れっ子らしく、刊行数はすでに六十巻近い人気シリーズを手がけている。

おかげで大谷も特にお金に不自由なく暮らさせてもらっているし、お小遣いは人よりもらっている方だと思う。

だが逆に言えば、大谷が物心ついた時から優太は週刊連載に追われているということでもある。

大谷はアシスタントたちが帰った後も、こうして一人夜遅くまで原稿を描いている優太をずっと見てきた。小さい頃は当たり前だと思って気にならなかったが、多少世の中のことが分かる年齢になってからは、父親の仕事っぷりが世の一般人たちと比べて異常だということに気が付いた。

大谷自身、受験勉強の時は多少なりとも根をつめて頑張った経験をしたので、今となっては父親の体調が心配だった。

「……ねえ」

大谷はしばらく机に向かって黙々と作業をする優太を見ていたが、やがて声をかけた。

「なんだい翔子ちゃん？」

「もうちょっとさ、働き方変えられないの？　絶対体に悪いと思うわ」

だいたいだが、自分の父親がどれくらい稼いでいるかは作品の発行部数を知っているので分かっている。

たぶん、もうそこまでガツガツ働かなくてもそれなりの暮らしをするだけの貯蓄はあるはずだ。

「そうだねえ……でも、僕だけじゃなくてアシスタントたちの生活とか、雑誌自体の売上とか色々とあるからねえ」

「まあ、それは分かるけど」

優太の描《か》いているような作品ともなれば、色々なメーカーとのコラボなど漫画の中だけの話ではない部分で、出版社にお金を生み出したりもしている。やめたいですと言って、はいそうですかと簡単にやめられるものではない。

「でも本人が強く望めばそれでも連載をやめることができるし、お父さんは長い間雑誌の人気作の一つとして売上を支えてきたんだから、編集部からもそれなりに快く送り出してもらえるでしょ？」

「それはそうなんだけどねえ」

優太は頭をポリポリと掻《か》きながら言う。

「でもまあ、僕って十代でありがたいことに連載させてもらってから、ずっとこの生活だからね。この生き方しか知らないんだよ。お恥ずかしいことに」

優太は自分のペンを持った指を見ながらそう言った。

その指は長年ペンを握っていたせいか、大きなペンダコができており指も不自然に曲がっていた。

だがそんな自分の手を見つめる優太の目は、どこか誇らしげだった。

「翔子ちゃんや則子さんには心配かけちゃって悪いと思ってるけどね。ごめんね」

そう言って、頼りなさそうな笑みを浮かべる優太。

「……はあ、まあいいんだけどね。お父さんがいいならそれで」

そんな顔をされたら、なにも言えなくなってしまう。

きっと父親は、未《いま》だに自分の作品を描くことに夢中なのだ。

もう少し自分の体を労《いたわ》れとそれを縛り付けるようなマネは、あまりに自分勝手というものだろう。

なにより見た目や雰囲気は頼りない父親だが、こういう姿は素直に尊敬できるしそれを応援したいとも思う。

「そういえば翔子ちゃんは最近絵は描いてないのかい？」

「……そうね」

「そうかあ。小さい頃はよく見せに来てくれたんだけどなあ」

「今考えると、人気漫画家様に恥ずかしいもの見せてたと思うわ」

「僕は好きだったけどなあ……さて、原稿原稿」

優太はそう言って原稿に視線を戻す。

「今日は則子さん遅いから、晩御飯は出前でいいわよね？　お父さんの分はいつものかつ丼でいい？」

大谷がそう聞くと優太は、言葉には出さず原稿にペンを入れながらコクコクと頷《うなず》いた。

すでに意識は仕事のほうに集中しているようである。

そこで大谷は気が付いた。

（ああ、そうだこの感じ。アイツと似てるわね）

自分の前の席の男子。結城も勉強をし出すとこんな感じだったなと思う大谷だった。

◇

翌日。

いつものように大谷が朝早く学校に来ると、やはりいつものように結城が先に来て勉強をしていた。

「よう」

「おはよう」

結城の短い挨拶《あいさつ》に、大谷も一言だけ返す。

そして、いつも通り自分の席に座って本を広げる。

だが今日は、自然と視線は本ではなく前の席にいる結城の背中に向いていた。

少し背中を曲げて、黙々と机に向かうその姿。

やはり体格や顔立ちこそ違えど、その姿は父親の優太とどこか似ていた。

（なるほどね……だから落ち着くのか）

大谷は納得した。

この空間は子供の頃、父親の仕事場に入り浸っていた時と似ているのだ。

仕事をする父親の大きな背中を見ながら資料用の漫画を読み漁《あさ》っていたあの頃に。

そう思った時、大谷はもう少しこの同級生のことを知りたくなった。

「ねえ結城。アンタいつも何時に来てるの？」

「ん？」

大谷の問いに結城は、ペンを止めて振り向く。

相変わらず寝不足で隈《くま》がついている顔だった。

「ああ、当番の先生が校門開ける時間かな」

「それはまた……」

大谷が来るよりもさらに一時間近く早い時間である。

この男のことだから当然その時間から集中して勉強しているんだろう。

それを毎日毎日やっているのだ。

「確か特待生で毎回いい順位取らないとってのは知ってるけど、そこまでやらなくても上位の成績くらいはキープできるんじゃない？」

実際、結城の入学してすぐの試験の成績は二位以下を百点以上離しての圧倒的にぶっちぎりで一番だった。

完全学費免除かつ家賃補助のＳＡ特待は学年五番以内でよかったはずである。そこを維持するだけなら、もう少し勉強時間を減らしても何とかなるだろう。

「ねえ、アンタさ。なんでそこまで徹底してやるわけ？」

そんな大谷の問いに結城は。

「自分を天才だと思ってないから」

当然だろうといった感じでそう答えた。

「俺はさ……医者になりたいんだよ。だけど、努力しなかったら俺は人並み以下だからな。

実際、勉強あんまりしてなかった中一の頃なんて下から順位数えたほうが断然早かったし。

そりゃ必死にもなるよ」

「そう。立派な夢ね」

自分と同い年とは思えない、明確でしっかりとした将来の目標だった。

「でも、分からないわね。普通アタシたちの年なら、色々と遊びたいと思うだろうし、勉強が嫌になることも多いはずでしょ？　なんだったら、アタシは毎日勉強は嫌だと思っているわ」

「それはそれで、大変そうだが……」

「そういう誘惑を押し殺して、毎日毎日努力するのって普通じゃないと思うのよ。なんでそこまでして医者になりたいの？」

「なんでって、そりゃ……」

結城は何か言いかけたが、途中で止める。

「ああ、なんでだろうなあ。いや、もちろん『医者になろう!!』って思ったきっかけとかもあるんだけど……」

うーんと、腕を組んで考えたあと結城は言う。

「……まあ強いて言うなら小さい頃からこうだったから、こういう生き方しか知らないんだよなあ」

結城は自分の手を、ペンを持ちつつも人差し指と中指を立てて自然に曲げたボールでも握るような形にした。

そして結城はそんな自分の手を見つめた。

その表情は、自分の父親と同じどこか自嘲《じちょう》気味で、でも少しだけ誇らしげだった。

「そう……」

大谷はそんな結城の表情から、目が離せなくなった。

「ああまあ、そもそも特に興味あることが他にあるわけじゃないしなあ……つまんないやつだろ？」

「そうね。青春灰色野郎だわ」

「酷《ひど》い言い草だな……ふぁ」

結城は大きな欠伸《あくび》をする。

「すまんすまん」

「……前から思ってたけど、あんたあんまり寝てないでしょ」

「あーいや、まあ、ちょっと寝不足でな」

「ちょっと？　ホントにちょっとかしら？」

相変わらず、結城の目の下には寝不足による隈がくっきりとついていた。

大谷の訝《いぶか》しげな視線に結城は観念したのか、両手を上げて言う。

「はい、嘘です。だいぶ寝不足だと思います」

「まあ、そんだけでっかい隈こさえてたらそうよね」

（……はあ。放っておけないやつね）

大谷はため息をついた。

「頑張るのはいいことだけど睡眠だけはしっかりとりなさい。逆に効率悪くなるわよ」

「いや……でも、少しでも勉強進めときたいし」

「いいから休みなさい」

実際、父親は昔無茶《むちゃ》な徹夜をすることが多く、何度か倒れることがあった。

やはり、人間無茶が続くのは一時だけである。

「土日明けて学校来た時にまたあんまり寝てないようだったら、授業中ずっと後ろから消しカス頭に投げつけるわよ」

「なにその地味な嫌がらせ⁉」

◇

そして土日明けの朝。

「おはよう大谷」

「おはよう」

大谷が学校に来ると、結城はいつものように参考書を解いていた。

席に座って本を読みだす大谷。

しかし、今日は意外なことに。

「なあ、大谷」

結城のほうが振り向いて話しかけてきた。入学式の日に会ってから初めてのことである。

「ん？　どうしたのよ」

「言われた通り、昨日早く寝てみたわ。すげー体調良くなった。やっぱり睡眠って大事だな」

感心したようにそんなことを言ってきたのである。

「当たり前でしょ……」

大谷は呆《あき》れたようにそう言った。

「それで、その、なんだ……」

結城は頬を掻《か》きながら、少し目線を泳がせる。

「ありがとうな。この前寝るように強く言ってくれて」

「……」

照れくさそうにそう言った結城の顔を見て、大谷は一瞬自分の胸がドキリとしたのを感じた。

「なんだよ」

「……あんた、人にお礼とか言えたのね」

「人をなんだと思ってたんだ……」

それ以来、大谷は学校にいる間、自然と自分の前に座る結城の背中を見てしまうことが多くなった。

自分の気持ちを誤魔化《ごまか》したり見ないふりをするような、少女漫画チックなメンタルは全く持ち合わせていない大谷は当然のように自覚する。

ああ、これが好きになったってことね。

と。

◇

ある日の朝、やはり結城は先に来ていた。

ただし今日は。

「……ぐぅ……ぐぅ」

と寝息を立てていた。

睡眠は前より取るようになったそうだが、やはり日頃の疲れが出る日もあるのだろう。

(意外に可愛い寝顔してるじゃない)

大谷は人差し指で結城の頬を突《つっ》いてみる。

すると。

「んー……」

と、小さく唸《うな》ったかと思うと、

「……九・八モルパーリットルぅ……ぐぅ……」

そんなことを呟《つぶや》いて再び寝息を立て始めたのだった。

「ふふ、なんの夢見てるのよ」

大谷は自分の机の上に座ると、他の生徒がやってくるまでの間その寝顔を見続けたのだった。

第二話　アイツに彼女ができた

大谷《おおたに》は結城《ゆうき》と二年生になっても同じクラスで、何度か席替えしても席の位置関係は同じだった。

大谷が後ろの席、結城が前の席。

まるで、神様か何かにこの縁は決められているんじゃないかと思っていた。

だから今と同じ関係がずっと続くと、なんとなく錯覚してしまっていたのかもしれない。

そんなある日。

事件は起きることになる。

「なあ、大谷。世の彼氏彼女ってのはどんな事するもんなんだ？」

昼休みの時間、結城がこちらに振り向いてきて急にそんなことを言い出したのである。

「は？　なんか変なものでも食べたのアンタ？」

大谷は率直に思ったことを言った。

入学した頃と違い、結城の方から大谷に話しかけて雑談をすることも多くなってきていたが、この手の話題は初めてであった。

というかむしろ、興味あったのかと言いたい。

「いやほら、お前恋愛物よく描《か》くって言ってたじゃん。詳しいかと思ってさ」

「アタシが描いてるの男と男のやつだけどね」

「え？」

「てかなに、アンタ彼女できたの？」

あるいは、好きな女子でもできたか。

大谷がそう聞くと。

「え？　あーと……まあ、その、そういうことで」

結城はものすごく嬉《うれ》しそうな顔をしてそんなことを言ってきたのである。

なんとも表情筋の緩みきった腑《ふ》抜《ぬ》けた顔である。

（どうやら本当らしいわね）

結城に彼女ができた。

大谷はその事実を理解した。

（……そう、急に来るものね。こういうの）

大谷はそんなことを思って、一つ大きなため息をついた。

◇

結城からなかなかに衝撃の事実を告げられた翌日の放課後。

いつも通り教室に他の生徒がいなくなるまでゆっくりとしてから帰ろうとした大谷は声をかけられた。

「翔子《しようこ》ちゃん。今帰り？」

教室のドアを開けて入ってきたのは、野球部のユニフォームを着た長身の男子生徒である。

藤井《ふじい》亮太《りようた》。

自分と同じ二年生でありながら野球部のエースで四番、勉強も学年の十番以内に入る。

その上、顔面まで整っているという、無駄に腹の立つ存在だ。

この男、何を思ったのか大谷のことを好きらしく、毎日のようにやたらと付き合ってくれと言ってくるのである。

といっても大谷は結城が好きなので、毎回断っているのだが。

「どうしたの？　また告白かしら、よく飽きないわねえ」

「いやいや、もちろん飽きないさ。付き合ってからでも毎日告白する所存だからね」

「さすがにそれは逆にウザいでしょ」

いつも通り、大谷が何を言っても嬉しそうにヘラヘラしている藤井とそんなやり取りをしたあと。

「……それにしても、結城に彼女ができたのは驚いたね」

藤井は急に真面目な顔になってそう言った。

大谷に遅れること一日。藤井は今日の昼休みに、結城に彼女ができたことを本人から聞いたのである。

「そうね。驚いたけど、まあアイツ嬉しそうだしよかったんじゃない？」

「……翔子ちゃん」

藤井は少し考えた後。

「ねえ……本当にいいの？　結城のこと」

そう言った。

「いいも何もないでしょう」

藤井は大谷が結城に好意を持っていることを知っている。

あまりにもしつこく藤井が告白してくるので、他に好きな人がいるからという理由を伝えた時の流れで話したのである。

「じゃあ、どうしろっていうの。実はアタシも好きでした、今からでも乗り換えてくださいとでも言うの？」

「それは……」

「いいのよ。さっさと気持ちを伝えなかったアタシの自業自得なんだから」

大谷は窓の外を見る。

「勝手に思い込んでたんでしょうね。結城のこと、努力することしか知らないこの唐変木には、どうせ彼女などできる機会は無いだろうって。少なくとも医学部に受かるまではそんなことに興味持つようなタイプじゃないって。実際、学校でも女子とはアタシと以外はほとんど話さないし。まあ、それどころか男子ともアンタとくらいしか話さないけど」

大谷は、ふう、と一息ついた。

「それで、この腐れ縁が続いて、いつの間にか『とりあえず今までずっと側にいたから付き合うか』みたいなノリになって、なんか気が付いたらデートしたりとか、手を繋《つな》いだりとか、キスしたりとか、その先に家族になったりとか、そういう流れに勝手になっていくんだろうってのを、なんとなくそうなるもんだと思ってたんでしょうね」

「自分自身の思春期の乙女の妄想をそこまで的確に言葉にできることに恐れ入るよ」

藤井は若干顔を引きつらせながらそう言った。

「要は、アタシがそうやって逃げている間に他の誰かがチャンスを掴《つか》んだってだけの話よ。まあ、アイツのほうから告白したみたいだから、そこについてはちょっとムカつくけどね」

そう言って肩をすくめる大谷。

藤井はそんな大谷の態度を見て言う。

「翔子ちゃん……辛《つら》くないの？」

「失恋っていうのは初めてだけど、どうやら、あんまりこういうことで思い悩むような乙女心は持ち合わせてないみたいね」

「そう、強いね翔子ちゃんは」

「鈍いんだと思うわよ」

そう。

自分はあまり何かに夢中になることができない。

今の結城の彼女に対する思いのように、誰かに夢中になることができたならきっともっと辛いのだろうとは思う。

ただ、やっぱりどうにも自分には一年続いたこの初恋にそこまでの強い思い入れを持つことができないようだった。

「まあ、翔子ちゃんが辛い思いしてないならいいか」

藤井も大谷の平然とした様子を見てそう言った。

「でもなあ、さすがにちょっと怪しい気はするんだよなあ」

「怪しい？」

藤井の言葉に大谷は眉《まゆ》をひそめる。

「だって会ったその日に付き合ったっていうんでしょ？　結城は確かにそんなに顔悪くないけどさ、いきなり告白されてＯＫしちゃう子ってどうなの？」

「あー、そうね。言われてみれば」

大谷自身は結城に好意があったので告白されれば普通にその場でＯＫするが、仮に初対面の時に結城に告白されたらそれは無かっただろう。

「いやまあ、僕は出会った日に付き合ってよって言ってもＯＫもらえること多かったけど」

「なるほど、自慢がしたかったのね。今すぐ目の前から消えなさい」

「今は、翔子ちゃんだけだよ」

そう言ってウィンクしてきた。

「今すぐできるだけ無残に死になさい」

顔面偏差値の無駄に高いリアルの男は、不快な生き物であると心底思っている大谷である。

「まあ、でもアンタの言うことも一理あるわね……ちょっと様子を見たほうがいいかもしれないわね。あの男、変にお人よしだから騙《だま》されやすそうだし」

「そうだねえ。結城は情に厚いだろうから、仮によくない子だったら僕らで説得して離れさせることも考え……ん？」

そこで、藤井はあることに気が付いたようにポンと手を打つ。

「ああ、無し無し今の無し。たぶん結城を選ぶような子は凄《すご》く可愛くて性格のいい子だから、きっと相思相愛で死ぬまでラブラブし続けると思うよ。うん、間違いない。だから翔子ちゃん、結城のことは諦《あきら》めて僕と付き合お……」

パコーンと、大谷が自分の上履きを手に取って藤井の頭を引っぱたいた。

「引っぱたくわよこの最低男」

「……もう叩《たた》いてるじゃないか」

◇

いい女、悪い女。

という定義はたぶん人によって違うと思うが、大谷が思うに少なくとも「付き合った相手を不幸にする女」というのは悪い女と言ってもいいのではないか（もちろん男でもそうだが）。

少なくとも大谷はそういう女を一人は知っているし、それに関わることで不幸になった人間を知っている。

だから藤井に言われる前から、出会ったばかりの男とホイホイ付き合ってしまうような女ということで、結城の彼女には少々疑いを持っていた。

初恋に破れたとはいえ、交友関係のそれほど広くない大谷にとって結城は依然変わらず大事な友人である。

心配なものは心配だった。

なので、それとなく会話の中で彼女である初白《はつしろ》という人物がどんな人間なのか、結城から聞き出そうと思っていたのだが。

「いやね、見てくださいよこの弁当!! 彼女が作ってくれてさー」

思っていたのだが。結城のやつは、勝手に自分から話してくるのである。

「彼女が最高に可愛いんだよ!!」

しかも毎日。

「彼女がさ～」

何度も。

「彼女がー」

何度も。

「カノジョガー」

……やべえ、コイツ最高にうぜえ。

こちとら失恋したばかりの乙女だぞこのバカタレが、とキレかかったが結城には自分の好意については話していないので筋違いだろう。

まあ、そこを差し引いても普通に鬱陶《うっとう》しかった。

そのやたら健康によさそうな手作り弁当を見せつけてくるな。お前の彼女が料理上手なのは分かったから黙って食べろ。

そもそも、この男ほんの二か月前の昼休み中の自分とのやり取りで。

「ねえ、あんた毎日その味気ないコンビニのおにぎり二つとお茶だけって、飽きないの？」

「ご飯なんて栄養補給だろ？　味気ないとかあるとかどうでもいいわ」

などとストイックなことを宣《のたま》っていたのである。

あの時の食に対する哲学はどこに消し飛んだのか。

彼女の手作り弁当を一口ごとに美味《うま》い美味い言いながら食べるその緩み切った顔からは、かつての面影は消え去っていた。

（完全に彼女に骨抜きにされてるわねえ）

と大谷は結城を見て思った。

よくもまあ、ここまで他人を好きになれるなと感心する。

で、肝心のその彼女であるが、どうやら結城の様子を見る限り特に問題のある子ではない。いやむしろ「相当いい子」な振る舞いをしているように感じる。

今は結城と一緒に住んでいるようだが、そうなってから結城は心も体も調子がよさそうである。少なくとも付き合っている相手にストレスを与えて、足を引っ張るようなタイプの振る舞いはしていないらしい。

(……だからこそ、余計に気になるのよね)

レベルの高い詐欺師は相手を騙すまでは、普通の人間よりも性格や人柄がよく見えるものである。結城の話を聞く限り、初白小鳥《ことり》という少女はあまりにもいい子過ぎだ。

だからこそ疑ってしまう。何かしら腹のうちに秘めた問題があってそういう人間を演じているのではないかということを。

(やっぱり、できれば一度自分の目で確認したいわね)

ここまで入れ込んでいるのだ。もし、本性はとんでもない女だったというようなことがあればショックは大きいだろう。

そんなことを思っていたら、その機会は思ったよりも早く訪れた。

◇

「まさか、アイツの家に呼ばれることになるとはね」

大谷はその日、学校から帰るとバッグを置いて、外に出かける用のバッグを持って結城の家に向かった。

結城曰《いわ》く、自分の彼女があまりにも世間一般のことに疎いので、同年代の女友達として色々と教えてあげて欲しい。とのことである。

なんでも初白という少女は自分の一つ下というお年頃でありながら、化粧の類《たぐい》は一切せず携帯を持ったことがなく着るものも制服一着と学校指定のジャージ一着だけですませており、それでいて不満の一つも出ないのである。

……いよいよ、さすがに怪しくなってきたなと大谷は思った。

なんだその、ラブコメに出てくる清楚《せいそ》系キャラみたいな設定は。

百歩譲って家庭の問題とかでオシャレや携帯を持つことなどに興味が持てなかったとしても、一切化粧無しで超美少女というのは盛りすぎだろう。

美容に手間をかけている人間とそうでない人間の差は歴然である。

もちろん、元の素材の善《よ》し悪《あ》しの影響は大きいのだが、見た目が可愛い子というのは皆それなりに日々努力しているのである。

花の十七歳女子として人並みにそのあたり気を遣っている大谷からすれば、そんな「なんのトレーニングもせずに百メートルを十秒台前半で走れちゃいます」みたいな存在いるわけないだろ、とツッコミたくなる話である。

まあ、結城がそう言っているだけなので、もしかしたら彼氏の欲目が大いに入っているかもしれないが……ともかく、怪しいものは怪しい。

ほら、もしかしたらあれだ。結城が女子の事情に疎いのをいいことに、ナチュラルメイクをバッキバキに常日頃から必ずかまして「私お化粧とかしてなくて〜キャハ♡」とか言ってるかもしれない。

たぶん結城ならその嘘、信じると確信できる。

それほどまでに、あの同級生は女に対する興味も免疫も今まで無かったのだから。

そんなことを考えながら歩いていると、結城のアパートについた。

「よお、大谷」

結城は玄関の前で待っていた。

「そう言えば中にはいるのは初めてね、モニター持ってくる時に一度ここまでは来たけど」

「そう言えばそうだったな」

「さて、不愉快なほど話に聞かされてた初白ちゃんとやらにご対面といきますか。アンタがあんまりカワイイカワイイうるさいもんだから気になってはいたのよね」

まあ、すでに大谷の中ではまだ見ぬ結城の彼女への疑念は相当に深いが。

もしろくでもない女だったら、結城の前で化けの皮を剝《は》いでやろう。うん、そうしよう。

「ふっ、その言葉に偽りはないぜ……何せ初白は世界一カワイイ」

「お邪魔しまーす」

結城がまた惚気《のろけ》始めて話が長くなりそうだったので、大谷はさっさと中に入ることにした。

「聞けよ!!」

隣のうるさい男は無視して、大谷は玄関に入る。

すると、テクテクと可愛らしいリズムの足音が聞こえてきた。

そうして現れたのは。

「お、おかえりなさい結城さん」

化粧っ気の一切ない黒髪ロングの清楚系超絶美少女だった。

(……ジーザス)

大谷はキリスト教徒でもないのに神に祈りを捧《ささ》げてしまった。

なんだこのふざけ散らかしたほどに完成された天然素材は。

百メートル十秒台前半どころではなかった。九秒台、世界を狙えるレベルである。

特に肌艶《はだつや》がエグい。健康的でシミ一つない絹のような綺麗《きれい》さである。

こんな生き物が存在していいのか？

「ああ、ただいま。えーと、紹介するわ。同じクラスの大谷翔子な」

結城から大谷を紹介されると。

「は、はい。初めまして……初白、小鳥……です……」

と、自信なげに段々と小さくなる声でそう言った。

そんな弱々しい様子まで見た目と完全にマッチしていて、同性の大谷から見ても否応《いやおう》なしに可愛いと感じる。

「……」

「おい、どうした？」

……このSSSレベルの子が、この恋愛ポンコツ男の彼女？

いったい世の中どうなっているんだ。

余りの衝撃に大谷はあんぐりと口を開けたまま固まってしまい、結城に心配されたのだった。

◇

自己紹介も終わり、大谷はひとまずリビングに上がった。

それにしても相変わらずモノの少ない部屋である。

前に自分が来た時と同じように、本当に生活に必要最低限のものしか無い部屋だった。

そんなことを思いながら、部屋に一つだけ置いてあるテーブルに座ると。

「大谷さん、お茶です。どうぞ」

結城と同棲《どうせい》中の彼女、初白がお盆に三人分のお茶をのせて持ってきた。

「あら、気が利くわね。ほんと出来た彼女だわ」

しかも、お茶を持ってくる動きやテーブルに置く動き、そういう所作一つ一つが綺麗だった。大谷自身は結構ガサツなほうなので、感心して見てしまう。

「だろ!! 初白はほんとにいい彼女なんだよ。マメだし、気が利くし、料理上手《うま》いし」

結城がそう言って褒めちぎると。

「……ッ!!」

顔を真っ赤にして恥ずかしそうに、持ってきたお盆で隠している。

……なんだ、この可愛い生き物は。

あらゆるアクションが女の子として可愛らしい。しかも、わざとらしさなど大谷の目から見ても一ミリも感じないのである。

大谷は自分をかなり疑《うたぐ》り深いほうだと自認している。

人の行動にはその裏にある意図を常に考えるめんどくさい人間である。

だからこそこの短い時間で分かった。初白という少女はこれが素なのだ、恐ろしいことに。

「……彼女を人に自慢するのは結構だけど、褒められてる彼女さんは顔真っ赤になってるわよ？」

大谷がそう言うと、結城はようやく初白が赤くなっていることに気づいたらしく。

「ごめんごめん、初白。つい、自慢したくなっちゃって」

そう言って結城も少し赤くなる。

「……もう、結城さんってば……」

初白はいっそう顔を赤くして、ぺちぺちと結城の背中を叩《たた》く。

そんなこと言いつつも、その声からは隠し切れない嬉《うれ》しさが溢《あふ》れ出ていた。

「……」←黙りつつも、初白をチラチラと見る結城。

「……」←結城と目が合ってしまい、そのたびに恥ずかしそうに顔を逸《そ》らす初白。

（……なに、このバカップル）

大谷は再度、啞然《あぜん》とする。

初白が文句なしの美少女だというのはよく分かったし、可愛いだけでなく性格も非常に素朴で優しい子なのだろうというのも伝わってきた。

結城が初白を選んだのも仕方ないことだろうと思う。

だが、それはそれとしてこのラブラブっぷりである。

初白はまだいいとして、結城などはちょっと前まで学校一の美女と言われる現生徒会長を見て色めき立っている男子たちを見て。

『暇なんだろうな』

と真顔で参考書を解きながら一刀両断していたではないか。

あの時のアンタはどこに行ったんだと問い詰めたい大谷だった。

◇

さて、大谷と結城と初白の三人は少し離れたところにあるショッピングモールにやってきた。

目的は現在、制服と学校指定ジャージが一着ずつしかないという、初白の衣服事情をどうにかするためである。

「……それにしても、結城の家を出るときは驚いたわね」

大谷はつい先ほどのことを思い出し、一人そう呟《つぶや》いた。

結城の家に上がって自己紹介を終えた後、しばらく大谷は初白と話した。

分かったのは、やはり変な邪念はなさそうだなということと、ジャンクフードをホントに小さい頃以来食べてないということだった。

ジャンクフードに関してはかなり驚いたが、大谷が一番驚いたのはそのあとである。

一通り話して、そろそろ初白の服を買いに行こうとなった時のことだ。

なんと、初白は玄関の外に出ようとした瞬間、その場に倒れそうになったのである。

結城いわく、初白は家の外に出ようとすると気分が悪くなってしまうらしい。

大谷はそんな漫画かエ○ゲーの病弱系キャラみたいな設定があるか、と一瞬思ってしまったが、初白は本当に顔色が悪くなっているしどう見ても演技には見えなかった。

結局、初白は結城に手を握ってもらって勇気を奮い立たせ外に出ることができたのだが、大谷としてはやはり驚くばかりであった。

（……ホントにあるのね。そういうこと）

自慢ではないが、大谷翔子という人間は一人の日本の女子高生として普通の人生を生きている人間である。

だから漫画やアニメやゲームの世界でしか「普通とは言い難い」人間というのを見たことがない。

いやまあ、父親はかなり普通とは言い難い人間だが、少なくとも同じ年代の人間で見たことがない。

初白の普通じゃなさは、ショッピングモールの洋服店に入っても全く変わらず。

「初白さんはどんな感じの服が好きなの？」

と大谷が聞いても。

「ええっと……」

初白は困ったようにキョロキョロとするばかりであった。

本当にこういうところに来たことがないし、自分でどんな服を着てみたいとか考えたことがないんだろう。

これも少なくとも大谷の感覚からすれば異常だった。

「ほえー、ひやー」

と先ほどからよく分からない声を上げて感心したように店中を見まわしている青春灰色男子はまだしも、初白は花の女子高生である。

いったい、どんな風に生きてきたらこんな子になるのか、大谷には想像もつかなかった。

それはそれとして。

初白と結城に服を選ばせようとしたが、二人ともあまりに無頓着《むとんちゃく》だったためか、いつまでたっても決まりそうになかった。

「らちが明かないわねえ……ねえ、初白さん。せっかくだしアタシが選んでもいい？」

「え？　あ、はい。ご迷惑でなければ……」

「迷惑どころか、初白さんみたいなカワイイ娘《こ》の服選ぶのは結構楽しみよ」

しかも、初めてのオシャレと来ている。お世辞抜きになかなか楽しい作業になりそうである。

「じゃ、じゃあ、お願いします……」

「よーし、腕がなるわねえ」

大谷はショップを見まわして、めぼしいものをいくつか手に取る。

「これに、これに、これも良さそうね」

「……そ、そんなに買うんですか？」

「おいおい大谷。確かに頑張れば買えなくはないけど、さすがに今日は買っても一着くらいに」

「いや、試着するために手に取ってるに決まってるでしょ」

大谷の言葉に「なるほどー」と納得したように手を打つ初白と結城。

……こうして見ると、似たもの同士のお似合いカップルなのかもしれない。

というか、服を選ぶときにいくつかめぼしいものをとってみて試着するなどという、当たり前の流れを知らない辺り、本当に興味なかったんだなと思った。

「ああ、てか結城。アンタはちょっとどっか行ってなさい」

「え？　なんで？」

「サプライズよサプライズ。きっちりコーディネートされた完成品を見せつけて、驚く面を拝んでやるから、楽しみに待ってなさい」

「な、なるほど。それはそれで面白いかもしれん」

「あと、いても邪魔になるだけだし」

「酷《ひど》い言い草だなおい!?」

そんなことを言いつつも、結城はポケットから小さい参考書を出しながらスタスタとブランドショップを出て行った。

「……アイツ、こんなところに来てまでも勉強する気なのね」

大谷は呆《あき》れたようにそう呟く。

「結城さんらしいですね」

初白は口に手を当てて、可愛らしく笑った。

相変わらず、ちょっとした所作一つとっても可愛い少女である。

「さてと……」

大谷は初白の方を振り向く。

これでようやく、初白と二人きりである。

結城の家にいるときも二人で話をする時間は少しあったが、結城が新聞の勧誘に対応している間だけであり、いつ戻ってくるか分からない状況だった。

大谷は実はあることを試すために、初白と本当に二人だけで話せる状況を待っていたのである。

そのあることとは。

「それにしても、初白さん」

大谷は初白と展示されている衣服を交互に見ながら言う。

「こうして見ると、ホントすっごく可愛いわよねえ。同じ女として嫉妬《しっと》しちゃうわ」

「そ、そうですか？」

「ホントホント、肌艶《はだつや》も綺麗《きれい》だしスタイルもいいし顔も可愛いし完璧《かんぺき》だわ」

「そこまで褒められると恐縮です……でも、ありがとうございます」

「ホント、結城のやつには勿体《もったい》ないくらいだわ」

「そ、そんなことないですよ」

「いや、ホントホント。ほら、アイツさっきもあんな感じで、勉強勉強ばっかりでしょう?」

さあ、ここからだ。

大谷自身、あまり気分のいいことではないがやるならしっかりと。

「あんまり気の利いたロマンチックなこと言えるわけでもないでしょうし。鈍感だし、デリカシーないし、顔も初白さんほど良くはないし。やっぱり、断然初白さんのほうがレベル高いと思うのよねー」

大谷はそう言うと、チラリと初白の方に視線を送って次の反応を待った。

そう、これが大谷が試したかったことだ。

彼氏のいないところで、彼女を徹底的に持ち上げて彼氏を下げる。そうした上で「○○さんにあの人は釣り合わないわー」的なことを言うのである。

大谷の経験上、これで腹に一物抱えてる女はほぼ間違いなく本性をさらけ出す。

内心で男を自分より格下、「いい召し使い」や「財布」と思っているならここから彼氏を見下した発言や、自分がいかにレベルの高い女かをこんこんと語り出すのだ。

（……まあ、せこいマネだけどね）

大谷としてはここまで初白と話して、ほぼほぼこの少女が悪女で無いことは分かっている。

だがやはり、もしかしたら……そう、もし万が一そうだったとしたら。昔のあの人のように結城が苦しむ姿というのを見ることになる。

それだけは絶対に嫌だった。

さて、そして肝心の初白の反応はというと。

「……」

初白はしばらく黙って、大谷の方を見て目をパチパチとさせていたが……。

やがて。

「……大谷さん、それは本気で言ってるんですか？」

先ほどまで久しぶりの外出に少し不安そうに揺れていた顔が険しくなった。

「結城さんは私には勿体ないくらいの人です。確かにちょっと鈍いところや女の子の気持ちが分かってないところもありますけど、それでも分からないなりに相手のことを真剣に理解しようとする誠実さと優しさがあります。それに、勉強や仕事に熱心なのもカッコいいと思ってます。そんな中でも少しでも私と一緒に過ごす時間を作ってくれます……あと、私は結城さんの顔はかなり好みです」

これまでの、どこか怯《おび》えて震えるような声ではない、ハッキリと言い切るような声で初白はそう言ってくる。

「大谷さんは、結城さんの友達なんですよね？　なんで私を持ち上げるためにわざわざそんな結城さんを貶《おとし》めるようなことを言うんですか、そんな風に褒められても嬉《うれ》しくないです」

初白は大谷の目を見てハッキリと言う。

「目の前で彼氏さんを悪く言われているのに黙って笑っていられるほど、私は性格よくありません」

「……」

大谷は思わず黙ってしまった。

日頃から本当にそう思っていなければ、あんなにスラスラと彼氏のことを褒められない。

しかも、ちゃんと大谷が自分を褒めるための言葉を言ったことも分かったうえで、彼氏を悪く言ったことにここまで怒ることができるのだ。

いくら何でも、彼氏のいないところでとっさの演技でできる態度ではない。

その間も、初白は大谷の方を真っすぐに睨《にら》みつけてくる。いやまあ、睨みつけても元々目元が優しすぎてそれほど迫力はないのだが。

(……なによこの子)

大谷は心底から思った。

この子は……マジもんのいい子だ。

よく見れば、初白が固く握っている手が震えている。見かけどおり、こういう風に人に強く言うのが得意な子ではないのだろう。

それでも、こうして気持ちをぶつけて来たのだ。自分の大好きな彼氏のために。

「……ふふふ」

「な、なにを笑ってるんですか、大谷さん私今真剣に」

「ごめんなさい初白さん!!」

大谷はそう言って深々と、それはもう深々と頭を下げた。

「え?」

初白は驚いて目をパチパチとさせる。

「実はアタシ、あなたのことを試してたの。小賢《こざか》しいマネをしてすまなかったわ」

「と、とにかく顔を上げてください大谷さん」

急に店内で床に顔が付くんじゃないかというくらい深々と頭を下げだした大谷に、周囲の注目が集まっていた。

大谷は初白に全て話した。

出会ったばかりの男に付き合ってくれと言われて、付き合ってしまう女が果たしてまともな女なのか信用できなかったこと。

そのために、わざと結城を下げるようなことを言ったこと。

「ホントに、悪かったわ。ごめんなさい嫌な思いをさせたわね」

大谷は改めて、今度は目立たない程度に頭を下げた。

「……いえ、その、確かに心配するのはごもっともだと思うので」

大谷の事情を聞いた初白は、逆に恐縮した様子だった。

「確かに考えてみれば私、大谷さんの言う通り、出会ったばかりの男の人と付き合って、その日から一緒に住んじゃってる女ですもんね。危ない人なんじゃないかって思うのは当然だと思います」

あははと、申し訳なさそうに苦笑いする初白。

「でも、よかったです。結城さんに大谷さんみたいな人がいてくれて」

「そう？」

「結城さん、頼りがいありますけど少し頑張りすぎてしまう人だから心配で」

「あー、まあ、そうねえ」

「だから、大谷さんみたいに真剣に心配してくれる人がいてよかったです」

「……まあ、一年の頃からの腐れ縁だしね」

大谷は自分で言いながら、ああそういえば自分もまだ出会って一年ちょっとくらいなのかと思った。

そもそも、結城への恋心を自覚したのも出会って一か月くらいだったし、それほど初白のことをとやかく言える立場でもなかったかもしれない。

「……それで、どうでした？　大谷さん」

初白が少し不安げな目でこちらを見てきた。

「どうでしたって？」

「えっと、その……親友の大谷さんから見て、私は結城さんの彼女として大丈夫だったでしょうか？」

「ああ、そのことね」

大谷は親指を立てて言う。

「全く問題なしよ。つか、むしろ天然記念物レベルのいい子だったわ」

「え、あ、ありがとうございます。えーっとさすがに、そこまではないかと……」

本人はそんなことを言って、照れくさそうにモジモジと両手をすり合わせているが、大谷は別に冗談など言ったつもりはない。

「初白さんは、人の好意を真っすぐに受け取って真っすぐに好意で返せる人よね」

「そうですかね？」

何を褒められているかイマイチ分かっていないのか、首をかしげる初白。

そんな仕草も可愛らしくて、思わず頭を撫《な》でてしまう。

（アタシはひねくれ者だから、そういう真っすぐな人は好きよ……）

結城もそうだ。だから好きになったのだと思う。

「ホント可愛いわね。こんな妹欲しかったわ……さて」

大谷はそう言うと、初白の頭から手を離して言う。

「仕切り直して、服選びましょう。結城のやつを腰抜かさせてやるわよ。まずは、これと、

これと、これと、これ。試着してみて」

そう言って、大谷は手に取った多種多様な衣類を初白に手渡した。

「お、お手柔らかにお願いします……」

◇

「あーくそ、この目の線がなかなか冴《さ》えないわね」

大谷はショッピングモールから出たあと、家の近くの喫茶店で同人漫画の下描《したが》きをしていた。

「……ふう」

集中が一度切れたので、体を伸ばして深呼吸する。

初白の服を選んだあと、同じく制服とジャージしか持っていない結城に無理やりマシな服を買わせて、二人を残して先にショッピングモールから去った。

今頃二人でデートを満喫していることだろう。

（……結城のやつが上手《うま》くリードとかできるか分からないけど、初白さんなら何やっても

喜びそうだしね）

「あ、そうだ」

大谷はスマホを開いて、中学時代の同級生にメッセージを送る。

相手は、初白の制服のお嬢様学校に高校から編入した子である。周りがお金持ちが多くて当たり前のようにブランド物を嫌みなく使っているので、庶民としての劣等感が凄《すご》いと嘆いていた。

『あなたの学校に、初白って子いないかしら？　一年生だと思うんだけど』

大谷はメッセージを送った後、少し待ったが返信がなかったのでひとまずスマホはポケットにしまい直して、再び作業に戻ることにした。

その時。

ツンツンと、背後から肩を突《つつ》かれた。

なんだ、せっかく集中し直そうと思ったのに。

少しだけイラっとしながら振り向くと。

「やあ、しょーこちゃん」

無駄に爽《さわ》やかな笑みを浮かべた藤井亮太が、こちらにウィンクしていた。

少しではなくだいぶイラっとした。

相変わらず無駄に整っていてヘラヘラしていて腹の立つ面構えである。

「あら、便所バエが何の用かしら」

「さすがに酷《ひど》くない⁉」

そんなことを言いつつも、藤井は当然のように大谷の向かい側に座る。

「誰が座っていいって言ったのよ」

「強いて言うなら……運命かな？」

そう言ってドヤ顔をする藤井。

「……」

プシュー。

大谷は無言でバッグから消毒スプレーを取り出して、藤井に噴射する。

「わっ‼　ちょ、ちょっとなにするのさ⁉」

「汚物は消毒しないとと思って」

藤井は手で消毒スプレーを払うと言う。

「ふう、相変わらず辛辣《しんらつ》だねえ翔子ちゃんは」

「……それで、アタシに何か用かしら？」

大谷は下描き用紙にペンを走らせながら尋ねる。

「別に用がなくても、僕は翔子ちゃんと話したいけど。まあ、強いて言うなら」

藤井はメニューを見ながら言う。

「……さっき、あそこのショッピングモールで結城と結城の彼女、初白さんに会ってきたよ」

「そう……それはなかなかの偶然ね」

藤井には今日結城の彼女に会いに行く話はしたが、彼女の服を買いに行くとは伝えてなかった。だから、本当にたまたま同じショッピングモールに藤井がいたのだろう。

「それにしてもいい子だったねえ。初白ちゃん」

藤井はショッピングモールのある方を見ながらそう言った。

「ええ、そうね」

大谷も同意して深く頷《うなず》く。

「ケチの一つでもつけてやろうかって思ったんだけど、無理だったわ」

大谷は自分のことをかなり疑《うたぐ》り深い人間だと自認している。だからこそ納得せざるを得なかった。

初白はホントに滅茶苦茶《めちゃくちゃ》いい子なのである。

「優しくて性格よくて可愛らしくて、見た目は文句なしの美少女って……いるのねえ、あんないい子が現実に」

「凄い褒めるね。いやまあ、僕もそうだと思ったけどさ」

「……まあ、おかげで逆に清々《すがすが》しい気分だけど」

「清々しい？」

「ええ。自分が何もしなかっただけの自業自得なんだけどさ。一応、形としては初白さんは初恋の人を奪った相手ってことになるじゃない？」

「そうだね」

「その相手がしょうもない女だったら多少は腹立たしくもなったかもしれないけど、あそこまでの女の子なら諦《あきら》めもつくわ。てかアタシ自身、初白さんのこと気にいっちゃったし。負けよ負け。完全敗北」

そう言って肩をすくめる大谷。

「……そうなんだね」

藤井は小さく頷くと、こちらを見て少しの間黙っていたが。

「うん、あの子はきっと我が親友を幸せにできると思う。そういう素敵な子だ」

「そうね。あの二人には末永く幸せでいて欲しいわ」

というかあの二人ですら何かで離れ離れになるというなら、大谷は大事なものを信じられなくなってしまう気がする。

「……まあ、僕は翔子ちゃんのほうが素敵だと思うけどね!!　チュ♡」

藤井は投げキッスをしながらそんなことを言ってきた。

「というわけで、僕らも末永く幸せに一緒に暮らさないかい？」

「はいはい、ワロスワロス」

「断り方が最近雑になってきてない？」

第三話　幸せになってほしい二人

さて、初白《はつしろ》と対面してからまたしばらく経った。

大谷《おおたに》はいつも通り、半分聞き流しながら数学の授業を受けていた。

中学の頃はそれほど苦手科目でもなかった数学だが、高校になってからはさっぱりと意味が分からなくなっていた。

わけの分からない動くグラフに、無駄に英語の入った記号、頼むから黙って数字だけ並んでてくれと言いたくなる。

そんな大谷にとっては無意味な外国語の呪文《じゅもん》にしか聞こえない授業を、自分の前の席に座る結城《ゆうき》は真剣に聞いていた。

そんな結城の背中を見ながら思うのは、結城と初白の事である。

（……まあ、結城のほうはもう心配いらないわね）

大谷としては初白は非常にいい彼女だと思う。むしろ真っすぐすぎて危なっかしいこの男にとっては、彼女の存在はいいブレーキだろう。

逆に心配になったのは初白の方である。

（……試着しようとした時のあの傷、あれは驚いたわねえ）

先日のショッピングモールでの事である。

大谷の姑息《こそく》な試し行為を初白が軽々と超えてきたあと、初白の服を二人で選んでいたわけだが、試着室に入った初白に服を渡す際に見てしまったのだ。

普段服で隠れていた部分から見える、生々しい傷。

明らかに何かのスポーツや事故でついたものとは違う、何度も意図をもって色々な場所につけられた傷である。

大谷はその傷について、問うことはしなかった。

ただ、結城との出会いは気になったので聞いてみれば、なんと飛び降りようとしたところを結城に助けられたのだという。

普段の大谷だったら「どこかのエロ漫画の話？」と聞き返すところだった。

しかし、ついさっき生々しい傷を見たばかりである。外に出ようとするだけで気分が悪くなることや、人通りにびくびくすることなども知っているし、恐らくホントにそうなのだろうと思った。

（いったいどんな風に生きてきたのかしらね……）

大谷のような普通の人間にとっては、自殺しようとするほどの辛《つら》さというものを想像できなかった。

まあとはいえ、大方学校でのいじめ辺りだろうと予想してはいる。初白はあの感じだから同級生と上手《うま》くコミュニケーションをとれてなかっただろう。お嬢様学校というのは閉じた空間だし、いじめがエスカレートすることもあるのだろう。

だから今、同じ中学だった友人に初白のことについて調べてもらっているのだ。

初白は凄く素直でいい子だったから。

もし何か初白の力になれるなら、大谷は力になりたいと思ったのだ。

「……まだ報告は来てないか」

大谷はこっそりスマホを取り出すと、メッセージアプリでその友人のアイコンをタップする。

やり取りは、相手が『分かった。調べてみるね』と言ったところで終わっていた。

◇

さて。

友人からの報告が上がらないまま、しばらくたつと結城と初白を囲む事情が、少しだけ変化した。

と言ってもその変化は元々予想できたものというか、結城が学生である以上、そして学業成績によって今の生活を維持している以上、当然やってくる問題であった。

すなわち定期テストが近づいてきたのである。

「ふう……」

結城は午前中の最後の授業が終わると同時に、背もたれに寄りかかって大きく息を吐いた。

ここ最近の結城なら、昼休みに入ると同時に「よっしゃー‼　初白の弁当だ‼」と、衝撃波が発生するんじゃないかというくらいのスピードで机の上に弁当を広げるところだが、今日はそういう元気はないようだった。

「ずいぶんと景気の悪いため息ね」

「まあ、ここのところ睡眠時間十分には取れてないしなあ」

そう言いながらノロノロと弁当を広げる結城。

「睡眠はちゃんと取れって前から言ってるのに」

「……そうなんだけど。やっぱり試験前となると徹底的に詰めておきたくて。お金のこと考えると特待生から落ちるわけにはいかないからな」

「まあねえ」

結城は特待生として学校でかかる費用全てと、家賃を学校から補助されている。この最高ランクの特待の条件は定期テストで毎回五位以内に入ることである。

結城の経済状態を考えれば、一度でも落としただけでかなりの死活問題となる。

「それに普段はほら、先の範囲勉強してるからな」

「ああ、なるほど」

受験に備えての早め早めの勉強をしている結城だが、当然試験範囲は二年の今やっている範囲だ。

試験が近づいてきてからは教師の授業に耳を傾ける結城だが、普段はほとんど聞いておらず自分で買った三年の範囲の問題集を黙々と解いている。

まあ、そうやって先へ先へ進めて行っている分、いざ学校の試験ともなるともう一度勉強し直さないといけない部分も出てくるのだろう。

「まあ、頑張るのはいいことだと思うけど……」

そう、試験前に結城がこの調子なのはいつものことだ。

ただ今回は。

「初白さんとの時間はちゃんと取れてるの？」

「……あー、うん、正直減ってる」

結城はそう言って頭を掻《か》いた。

「そうよね。あんた、いつも試験近づくと下校時間ギリギリまで自習室に籠《こ》もるものね」

「そうなんだよなあ。早くまた小鳥とゆっくり過ごしたいわー。小鳥もちょっと寂しそうにしてるしなあ」

そう言って頬杖《ほおづえ》をつく結城。

「……いやまあ、俺と過ごせる時間が減って落ち込んでくれるとか、結構嬉《うれ》しかったりするんだけどね」

「元気がない時でも惚気《のろけ》ることを忘れない根性に頭が下がるわ」

大谷はいつも通り購買のパンを頬張りながらそう言った。

◇

「……初白さん、大丈夫かしらね」

放課後。

大谷は日の傾き始めた帰り道を一人歩いていた。

昼に結城から聞いた話だと、結城が帰る時間はかなり遅くなっているらしく、帰ったらもう後はご飯を食べて寝るだけだそうだ。

一日のうちにまともに話せる時間は、ホントに数時間あるかないかといったところだろう。

初白はいい子である。

それはもう大谷がこれまで出会ったことがないくらいに。

（……だからこそ、心配だわ）

初白は結城のことを本当に好きでいるし、その存在を心の支えにしている。

まだ何があったかは分からないが、とても辛い過去を抱えて自ら命を絶とうとしたあの子が、ああして笑っていられるのは間違いなく結城の存在があるからだろう。

だからこそ結城と過ごせる時間が減ったことに対して、すごく不安になると思うのだ。

「ただいま」

そんなことを考えているといつの間にか自宅の玄関についた。

「ああ、おかえり」

家に上がってリビングに行くと優太《ゆうた》が自分でコーヒーを淹《い》れていた。

「あら？　珍しいわね。この時間にお父さんがリビングにいるなんて」

特に今日は締め切りの前日であり、普段なら寝食を忘れて部屋に引きこもっているところである。

「ああ、実は今回久しぶりに原稿が早く上がってねぇ」

優太は普段優しいながらもどこか緊張感のある表情をしているが、今は非常に晴れやかだった。

「ホントに久しぶりね。これだけ早く上がったのは……あれ、ホントに何時《いつ》以来かしら？」

「ええと、則子《のりこ》さんとの新婚旅行のときに無理して上げて以来だから……二年ぶりくらい？」

「それはだいぶ久しぶりねえ」

はあ、と呆《あき》れたようにため息をつく大谷。

少年少女たちが一度は憧《あこが》れる人気漫画家だが、現実はこれだけハードである。いやまあ、優太は筆が遅いほうらしいが。

「それで、せっかく一日空いたからさ。明後日、則子さんと三人で出かけないかい？」

「アタシは特に予定入れてないからいいわよ。どこ行くの？」

「あそこ行こうかなと思って。ほら、翔子《しょうこ》ちゃんが中学に入ってからは行かなくなってたけど、あの遊園地、えーと名前なんだっけな」

優太がそう言ったとき、大谷の眉《まゆ》がピクリと動いた。

「……暁セントラルパーク」

「そうそう、そこそこ。だいぶ長い間行ってなかったのによく覚えてるね」

「そんなの……」

そんなの覚えているに決まっているではないか。

だってあそこは、いつも優太とアイツと三人で行っていた場所なのだから。

あのふざけた女と……。

「行かないわ……」

「え、どうしてだい？　昔は好きだったじゃないか。いやまあ、今だと子供っぽいのかもしれないけど」

「お父さんこそ、なんで行こうって思えるのよ。アイツとよく行ってた場所なんて……」

大谷はギュッと手を握りしめながら言う。

「翔子ちゃん……」

優太は大谷の言わんとするところがようやく分かったのか申し訳なさそうな顔をする。

「じゃあ、アタシは部屋に行くわ。原稿お疲れ様」

大谷はそう言うと、少し早足でリビングを出て行った。

階段を上がり、自分の部屋に入るとドアを乱暴に閉めて、机の前に置いてある椅子に勢いよく座り込む。

「……はあ。不快なもん思い出しちゃったわね」

そう言って深いため息をつく。

「お父さんには悪いことしちゃったわね」

後でちゃんと謝って、他の場所なら喜んで一緒に行くことを伝えないと。

ああ、よくないな。

アイツの話になると感情的になってしまう。

「初白さんのこと、無駄に心配に思ってるのもこれが原因なんでしょうね」

初白は凄《すご》くいい子だ。

そして、結城のことを本当に好きでいるし、その存在を心の支えにしている。

とても辛《つら》い過去を抱えて自ら命を絶とうとしたあの子が、ああして笑っていられるのは間違いなく結城の存在があるからだろう。

だからこそ結城と過ごせる時間が減ったことに対して、すごく不安になると思う。

もし。

もしもだ。

その寂しさが限界を超えてしまったら。

——はね、——が一番大事なのよ。

「……ちっ」

不意にアイツの言葉を思い出して壁を蹴《け》る。

「……初白さんはそういう子じゃないって分かってるでしょうが」

大谷の言う「アイツ」とは、母親の事である。

現在、父親の妻である則子の事ではない。

大谷翔子を産んだ、血の繋《つな》がりがある方の母親のことである。

◇

『女はね、恋が一番大事なのよ。アタシの子だもの翔子もいずれ分かるわ』

だから仕方ないことなの、許してちょうだいね。

それが大谷翔子の母親の残した最後の言葉だった。

父親と自分を捨てて浮気相手の十五歳下の男と出て行ったあのバカタレは、そんなふざけた理屈で自分は何も悪くないと本気で思っているタイプの女だった。

当時、大谷はまだ小学五年生だったが正直に言って「この女は本当に自分のことしか考えてないんだな」と思ったのを覚えている。

離婚の時の色々な裁判やらなにやらで、浮気の理由は「仕事ばかりで自分のことを愛してくれなかったから」などと涙ながらに言っていたが、そもそも父親は付き合った時から漫画家として日々の仕事に追われていたのだから、そんなことは初めから分かり切っていたはずである。

そんな中でも、父親はたまに時間ができれば自分や母親と買い物に行ったりしていた。

しかも、自分のほうは暇さえあればその夫の稼いだ金で大谷を置いて遊びまわり、その中で出会った男に自分からアプローチしたというのだから棚上げもここまでくれば芸術的である。

オマケに娘の親権を父親のほうに譲る条件に、かなりの額の金銭を要求してきたのだから開いた口が塞《ふさ》がらないというものである。

そんな胸糞《むなくそ》の悪くなる女が最後に自分に残した言葉が、アレである。

あまりにもふざけている。

母親との離婚騒動があってからの父親の落ち込み方は、見ていられないほどだった。

あんな人間のクズみたいな女と血が繋がっていると思うだけで反吐《へど》が出る。

大谷にとって母親とは、そういう存在だった。

大谷は自分の母親のことを心底クズだと思っているし、言うことはほとんど全て自分が我儘《わがまま》を言うための詭弁《きべん》だと思っている。

ただ仮に百歩譲って。

いや、無量大数の無量大数乗歩譲って、あの女の言葉に理があるとするなら。

「夫が仕事ばかりで寂しい思いをしていた」

というのは本当にそうなのかもしれないとは思う。

確かに父親はほとんどの時間家で原稿に没頭していたし、大谷は遊びに連れて行ってもらった記憶も数えるほどだ（それでも母親よりはあるが）。

正直大谷にそういう気持ちは分からないが、自分の旦那《だんな》や彼氏に構ってもらえないというのは、普通の女にとっては辛いものなのだろうと理解はしている。

今の結城と初白の関係は自分の両親の状況と似ている。

結城は試験勉強に没頭して、初白と過ごす時間はかなり少なくなっている。

もちろん初白はあのクズなどとは比べ物にならないいい子だと思っているし、本当に結城のことを好きなのだと思う。結城の存在があってこそ、辛い過去を抱えていてもああして笑顔で過ごせるのだと思っている。

だからこそ、結城と一緒に過ごす時間が減ったことに不安になると思うのだ。

もし、その不安や寂しさが限界を超えてしまったら。

あの子でも、自分の母親のようにどこかへ行ってしまうのではないだろうか？

そんなありえない不安がどうしても頭をよぎるのだ。

◇

——午後七時。

大谷は日の暮れた町をブラブラと歩いていた。

優太との会話で嫌な人間のことを思い出してしまったので、気晴らしに行きつけの本屋に行くのである。

こういう時に家でスマホなどで娯楽を探索していると、余計に気が滅入《めい》ってくる。

だからわざわざ実際の店舗まで足を運ぶのだ。本屋探索はオタクのアウトドアショッピングであると大谷は思っている。

ところが。

「……いい新刊出てなかったわねえ」

こういう日に限って、表紙やタイトルで心躍らせるような新刊が出ていなかったりするものである。

そういうわけで戦果なしでブラブラと歩いていると、あるスーパーの前で足が止まった。

「ああ、そういえば夜食のチョコレートが減ってきてたわね」

大谷は夜に漫画を描《か》いたりしているときに口寂しくなってよく夜食を食べるのだが、さすがにこれは肥満の原因だなと思い、何か夜食にいいものを探したのである。

そこで行きついたのが、カカオの割合が七〇％のチョコレートだった。

普通のチョコレートと違い甘さも控えめなのに結構な満足感があって、これはいいぞと最近食べるようにしている。

このことを結城に話したら「でも三〇％は砂糖とか入ってるってことだよな？　あんまりバクバク食ったら結局太るんじゃね？」と言ってきたので、足を思いっきり踏んづけてやった。

正論は時に人を猛烈にイラつかせるのである。

「……あれ？」

大谷がスーパーに入ると、見たことのある人影があった。

羨《うらや》ましいほどにサラサラで綺麗《きれい》な黒髪の少女、初白である。

間近で見ると凄《すさ》まじい美少女なのだが、特に着飾っていないので意外と地味というか、人込みの中にいると目立たないなと思う。まあ、そこがまた気取らない感じで魅力なのだが。

「一人で出られるようになったのね」

前回会った時は、結城に手を繋がれて何とか外に出たという感じだったが、どうやら今ではこうして一人でも買い物に来られるくらいにはなったらしい。

「初白さ……」

と大谷は声をかけようとして、思わずその言葉を止めた。

なぜそうしたのか？

たぶん怖くなったのだ。

今声をかけて初白と会話するとなれば、きっと話題は結城のことになるだろう。

そうなったとき、もし初白が今の試験勉強で忙しくなった結城に対して自分の母親のような不満を言ったとしたら？

……それは一度初白を信用したからこそ、受け入れたくないことだった。

だが人生というのは間が悪いもので、そんな風に思った時に限って。

「あ、大谷さん。こんばんは」

初白の方がこちらに気付いて声をかけてきたのである。

こちらの方に歩いてくると、大谷が手に持った袋を見て言う。

「チョコレート好きなんですか？」

そんな風に安心しきった笑顔でそう聞いてくる初白。

この子は初対面の相手には凄く遠慮がちになるタイプなので、こういう笑顔を向けてくれることは自分のことを信頼してくれてる証《あかし》なのだろうと思う。

「ええ、そうね。夜食にいつも食べるのよ。初白さんは夕ご飯の買い出し？」

大谷と違い、初白が手に持った籠《かご》には色々な食材が入っていた。

「はい。結城さん帰ってくるのが最近遅いですから、この時間に作り始めても間に合うんですよね」

「……そう」

やっぱり、結城の話題になった。

大谷は話をそらしてさっさとこの場を去ってしまおうかと思ったが。

「ねえ、初白さん。やっぱり最近結城と過ごす時間って減ってるのよね？」

救いがたい性分というか、やっぱりこういう時に事実を確認したくなってしまうのが大谷翔子という女だった。

「……そうですね」

初白は先ほどまでよりも力の無い声でそう言った。

「寂しくないの？」

「……ええと」

大谷の問いに初白は少し困ったような表情を見せると。

「はい、寂しくないかといえば、やっぱり寂しいです」

ああ、やっぱりそういうものよね。

大谷はそう思ったが。

「……でも、それが結城さんですから」

初白は誇らし気にそう言った。

「結城さんが今の生活を維持するために、そして将来の夢のためにどれくらい頑張らないといけないかは、これでも分かって結城さんと付き合ってるつもりです。結城さんがそのためにどれだけのものを犠牲にしてきたかなんて、私程度では想像することしかできません」

でも、と初白は言う。

「だからこそ、不器用で頑張りすぎるあの人に私は幸せでいて欲しい。頑張ったら頑張った分だけ幸せになって欲しいと思います」

「……初白さん」

そして、初白は愛《いと》おしそうな笑みを浮かべてこう言うのだ。

「それに、夢中で頑張ってる男の人ってカッコいいじゃないですか、あんな支えがいのある人はいないと思いますよ」

「……」

大谷はその眩《まぶ》しい程の優しい笑顔を、しばらく黙って見つめることしかできなかった。

（……ああ）

二人には幸せになって欲しいな。

大谷は素直にそう思った。

だってそれは、大谷が自分の母親から終《つい》ぞ聞くことができなかった言葉だから。

この子は結城のやつがどんな思いで努力をしているかちゃんと理解している。そしてだからこそ自分との時間が減っていることも。

その上で、そんな結城にどうやったら喜んでもらえるかをいつも考えているのだ。

結城が幸せであることを本当に自分の喜びと思えるのだろう。

これはもう、恋愛とかそういうレベルじゃない。たぶん「愛」とかそう言われる類《たぐい》のものだ。

それを目の前の少女は持っている。自分と変わらないくらいの年齢で。

（……なるほど。脆《もろ》いのはアタシの方だったのね）

大谷は自分のことを顧みて思う。

母親の一件以降、自分は「愛」みたいなものを信じられなくなっていた。

だからいつも人の裏を読もうとする。

もしかしたら目の前の相手は自分を裏切るんじゃないかと怯《おび》えていたのだろう。

でも目の前の少女はそんなことを考えない。

愛したい人がいるなら、その人間のいい部分も悪い部分も分かったうえでただ愛する。

そういうことができる強い子だ。

こんな強い子の心配を自分のような臆病者《おくびょうもの》がするなんて、勘違いもいいところだった。

「……凄《すご》いわね。初白さん」

「はい？」

「アナタ本当に凄いわ。尊敬する。心の底から」

「え、あ、はい。ありがとうございます？」

なんでそこまで褒められてるのかさっぱり分からないという感じで、初白は困ったように頭を下げたのだった。

◇

「……ふう」

大谷が家に帰ったのは、すっかり暗くなってからだった。

あの後、しばらく初白と話し込んでしまった。話の内容は他愛《たわい》のないものだったが、それでも初白が聞き上手なので楽しい時間を過ごせた。

本当につくづくいい子だなと思う大谷だった。

そんなことを思いながら電気がついているリビングを覗《のぞ》くと。

「あー、ヤバいなあ。絶対翔子に嫌われたよー」

と、大谷本人が覗いているのに気づかずに、机に肘《ひじ》をついて頭を抱え込んでいる優太と。

「そんなに落ち込むことないですって。翔子ちゃんは根に持つような子じゃないですから」

それをなだめる今の父親の妻、則子だった。

「そうかなあ……でもさっきの僕、仕事終わったばっかりでお風呂《ふろ》何日も入ってなかったから臭かったよきっと」

「それもきっと、慣れっこですから」

まるで、先生に怒られた子供のようにいじける優太を、則子は優しい声で慰めながらあやすように頭を撫《な》でる。

「……」

大谷は改めて二人を見る。

仲睦《なかむつ》まじそうな様子だった。

優太はちょっと子供っぽく則子に甘えているし、則子はそんな優太のことを仕方ないなあというように笑顔で受け入れている。

その光景は父親が再婚して則子が家に来てから何度も見た光景だった。

そしてそんなやり取りの中で、前の妻に裏切られたショックで酷《ひど》く落ち込んでいた優太も、少しずつ元気を取り戻していった。

だけど。

大谷は今まではこんな仲睦まじそうな様子を見ても、則子のことを信用しきることができなかった。

どんなに仲がよさそうに見えても、相手のことを愛していそうに見えても、産みの親のようにいつか父親を裏切って傷つけるんじゃないかと思ってしまっていたのだ。

目の前のこの光景を見れば、きっとそんなことは無いだろうと普通は思えるはずなのに。

だけど、大谷はついさっきあの少女に教えられたのだ。

ちゃんと世の中には、本当に「愛情」を持っている人がいるのだと。

それを知ることができたから。

今なら大谷にもこの仲のよさそうな光景を見てちゃんと感じられる。

優太と則子の間には、ちゃんと愛があるんだなと。

（……ふう。学校でも結城に惚気《のろけ》られて、家でも親にいちゃついてるところ見せつけられるとはね）

まったく、自分の周りには盛った連中が多いなと、もう一人毎日のように告白してくる男を思い出しながら大谷は小さく笑った。

「……ただいま」

「しょ、翔子ちゃん⁉」

「あら、おかえりなさい」

突然リビングに現れた大谷に、優太は慌てふためき椅子から転げ落ちそうになり、則子は特に驚いた様子もなくいつも通り笑顔で大谷を迎える。

「ええと……明後日の事なんだけど。その……配慮が無かったというか……」

歯切れ悪くブツブツと言う優太に対して。

「さっきはごめんなさい、お父さん」

大谷は単刀直入に切り出して頭を下げた。

「……え？」

「せっかく久しぶりの休みに家族でどこかに行こうって誘ってくれたのに、少し気に入らなかったからって酷い態度をとったわ。ごめん」

　自分が悪いことをしたから謝るほうだと思っていたらしい優太は、ポカンと口を開ける。

「え、あ、いや、僕の方こそ。なんというか僕の中ではもう終わったことだったから……

でも、翔子ちゃんもそう思ってるってわけじゃないもんね……」

　人のいい父親だなと改めて大谷は思う。

　あれだけのことをされておきながら、終わったこととして片づけられるのだから。

「ただ、やっぱりあそこは行きたくないわ。他のところだったらどこでもいいけどね」

「そ、そうかいそうかい!!　よーし、それならどこにしようかな」

　ウーンと優太は唸《うな》るが、なかなか思いつかないみたいだった。

　その時。

「それなら、山登りに行きましょうよ」

　ニコニコ笑顔で、両手を合わせながらそう言った則子に対して。

「えー」

「えー」

　インドア父娘《おやこ》が不満の声でハモった。

「なんですか二人してその反応は。いいものですよ山登りは」

則子はプクリと頰を膨らませながら言う。

「普段の生活からは離れて、自然の中を景色を眺めながらゆっくり歩くんです。もちろん疲れはしますけど、頂上で食べるお弁当は格別ですよ」

それに、と則子は二人のほうを見て言う。

「優太さんも翔子ちゃんも日頃運動不足なんですから、こういう時くらい動かないと病気になっちゃいますよ」

それを言われると言い返せない大谷と優太である。

ほとんど仕事部屋で過ごしている優太は当然のことながら、大谷も今日みたいに本屋巡りなどをするとき以外はだいたい家でゴロゴロして小説やアニメや漫画を見ているのだ。

「……まあ、他に特に行きたかったところもないしね」

大谷はため息をつきながらそう言った。

「えー……そんな翔子ちゃんまで」

二対一となってもまだ、抵抗しようとする優太。

（いや、アンタこそ運動が必要でしょうが）

と大谷は内心でツッコむ。

「決まりですね。じゃあ、お弁当腕によりをかけて作らないと。ほら、優太さんもいじけてないで、好物の唐揚げ沢山入れますから」

「唐揚げかあ。まあ、それなら……翔子ちゃん、いざとなったら僕を背負って歩いてくれ」

「高齢者が若者に負担を強いる社会は、低迷していくと思うの。だから自分で歩きなさい」

大谷は冷たくそう言い放つと、一度床に置いたバッグを持ち直す。

「あら、部屋に戻るの？　お夕飯は？」

則子の言葉に大谷は背中で返事をする。

「今日はそんなにお腹空《なかす》いてないからいいわ。もうお風呂入って寝ちゃうつもりだし」

「そう。じゃあ翔子ちゃんの分は冷蔵庫に入れておくから、明日にでも食べてね」

「うん。それじゃあ……」

大谷はそこまで言ったところで一度立ち止まった。

「どうしたの？」

則子が大谷の背中にそう聞くと。

「なんだろ、その……」

「？」

「おやすみなさい。お母さん」

大谷は初めて則子をその呼び方で呼んだのだった。

「じゃあ、そういうことだから」

なんとなく居づらくなって、大谷は早足でリビングを出て行く。

自分の部屋に向かうための階段の途中で。

——聞きました優太さん!? 今の聞きました!?

と則子が珍しく声を上げてはしゃいでいるのが聞こえてきた。

「喜びすぎだって」

こんな事ならもっと早く呼んであげればよかったなと思う。

「……ありがとう、初白さん」

大谷はそう呟《つぶや》くと、自分の部屋に入っていったのだった。

◇

「あー、くそ。全身バッキバキだわ……」

大谷は痛む体を引きずりながら歩いていた。

本日は約束していた大谷家での登山の日だった。

早朝から弁当を作ってノリノリの則子（ギャグではない）とは対照的に、目の前にそびえたつ山を見て最初からげんなりしているインドア父娘だったが、なんだかんだ登っていると気分も乗ってきたし、日頃ブルーライト画面ばかり見ているので自然の景色はいい気分転換になった。なにより、頂上で食べた則子の弁当は今までで最高に美味《おい》しく、空腹と疲労は最高の調味料なんだなと思った。優太も美味《うま》い美味いと言いながら、好物の唐揚げをパクパクと口に放り込んでいた。

そんなわけで、なんだかんだ登山を楽しんだ大谷だったが、帰りの車の中で疲れて眠ってしまい、目が覚めた後に悲劇は訪れた。

運動不足の人間が雰囲気に流されて自らの体力の限界を超えた運動をした時に払うこと

になる代償。

すなわち……筋肉痛である。

下半身全体が骨とか腱《けん》とかダメになってるんじゃないかと思うくらい痛かった。

今も歩くたびに。

「いだだだだだ」

と、中年のオッサンのような低い声で、うめき声を上げてしまう。

「ちくしょう、やっぱり運動ってクソだわ……」

などと毒づく大谷。

そんな全身が悲鳴を上げている大谷がなぜ、わざわざ登山から帰ってきて疲労困憊《ひろうこんぱい》の中夜の街を歩いているのかというと、行きつけの本屋に向かうためである。

本日は今大谷が推している小説の発売日であった。

このご時世わざわざ本屋に買いに行かなくてもネットで予約注文すればいいのだが、大谷としては本屋で買ってきて読むというプロセスそのものがなんとなく好きであった。

それにモノによっては発売日に届かないことがある。そうなってしまうと発売日から遅れて作品を読むことになり、それはファンにとっては死と同義である（偏見）。

また、父親が漫画家なので、発売日に本屋で買われるということが単行本の大きな評価基準であることを知っているというのもある。

そんなわけで、重い体を引きずって大谷は本屋に向かうのだ。

なんとか目的の場所にたどり着き、平積みされた一冊を手に取ってレジに持っていき、無事購入を終える。

「ふふふふ」

新刊を手にした高揚感で、若干怪しげな笑いを浮かべる大谷。

筋肉痛の痛みも嘘のように消し飛ぶ。

……いや、嘘である。普通にバキバキに痛い。

普段なら少し早歩きで帰るところだが、今日ばかりはカメのごとくノロノロとした速度で帰るしかないようだ。

さて、そんな感じで帰り道を歩いていると。

「どうしたんだ大谷？　スター・○ォーズに出てくる金ぴかロボットみたいな歩き方して」

バイト終わりらしく、作業服を着た結城がそこにいた。

◇

結城の住むアパートは、大谷の家と本屋のちょうど中間くらいの位置にある。

なので帰り道は自然と一緒になる。

結城は筋肉痛でぎこちなく歩く大谷のペースを考えてゆっくりと歩いている。

そういえば、こういう気遣いをこの男はできるんだったな、と思い出す大谷。

前は時々一緒に帰っていたが、最近はそういうことも無かった。

「しかし、試験期間も仕事とは恐れ入るわねえ」

作業服の結城を見て大谷がそう言うと。

「まあ、こればっかりはやらないわけにはいかないからなあ。これでも時間は減らしてもらってるけどな」

結城はなんでもないことのようにそう言う。

だが結城がやっていることがなんでもないことのわけがないのは、平和でヌルい高校生活を送っている大谷にも分かる。

バイトの時間を減らしてもこの夜遅い時間に帰りということは、それまでは自習室なり図書館なりで勉強をしていたということである。

勉強と生活のための仕事の両立。

言うのは簡単だが、実際に結城のレベルで実現させるとなると並大抵の苦労ではない。

（……大人でも耐えきれない人は多いでしょうね）

だが苦しくても耐えきって乗り越えられてしまうのが、この結城という男なのだ。

きっとそれは、生まれつきのものよりも生まれてからこれまでの経験によるところが大きいのだと思う。

今はこうして普通に学校に来ている結城だが、大谷はこの男がこれまでに色々と大変なことを経験して来たのを本人から聞いて知っている。

虐待レベルのスパルタだった父親。

その父親が死んで、目標を見失ったこと。

そして完全に失った目標を自分で再設定して、医者になるためにド底辺の成績から死に物狂いで勉強して特待生の資格を勝ち取ったこと。

「あの時期に比べれば、今の状況なんて全然楽だよ」と結城は前に笑いながら言っていた。

大谷は素直に凄《すご》いなと思いつつも心配になったものである。

昔と比べて楽だからといって、今が楽というわけではないのだ。

それはきっと麻痺《まひ》してるだけであって、心も体もどこかで悲鳴を上げているんじゃないかと思う。

実際、今も結城は普通に話しているようで、体には疲労が見えるし表情からは少し張りつめたものを感じる。

（本当に放っておけない男だわ）

出会った時からそうだった。

一心不乱で、真っすぐで危なっかしい。

「ふう、ついたついた」

いつの間にか結城のアパートに到着していた。

「ってか大谷、送っていかなくて大丈夫か？」

「大丈夫よ。アンタにそういうレディー扱いされると、違和感で吐きそうになるし」

「酷《ひど》い言いようだな……じゃあ、気を付けてな」

結城はそう言うとアパートの階段を上っていく。

いつもは少しせっかちなのか、リズムよく駆け上がるようにして階段を上っていくのだが、やはり疲れているのかゆっくりと上っていた。

結城が自分の部屋のドアを開けた。

中から初白が出迎える。

その瞬間、結城の張りつめた表情が一変した。

遠目からでも分かるくらいに、柔らかい笑顔になったのである。

結城も初白も幸せそうに笑っていた。

（……ああ）

それを見て大谷は思う。

きっと、きっとあの二人は大丈夫だ。

末永く幸せに「愛」というものを育《はぐく》んでいくのだろうと、なぜか確信した。

「よかったわね結城」

あの危なっかしかった教室で一人背中を丸めて勉強をしていた無愛想なアイツは、もういない。

自分がいなくても、初白がいれば結城はやっていける。

（そう、アタシが側にいなくても……）
その時。
――ポタリと、足元に何かが落ちた。
「……え？」
ふと自分の頬を触る。
濡《ぬ》れていた。
「ああ……そういうこと、そういうことね」
割り切ったつもりだったのに。
自分はそんなに思い入れるような人間じゃないと思ったのに。
大谷翔子は今更ながら、終わってしまった自分の初恋に涙を流した。
しかも。
最初は少し泣くくらいかなと思っていたのだが。
止めどなく涙があふれてくる。
結城を出迎える初白の姿が目に焼き付いて消えない。
（……そのうち自然にそうなると勝手に思ってた）

結城のやつは他に相手もいないだろうから、そういうことに興味も無いだろうから。

(それで腐れ縁が続いて、いつの間にか『とりあえず今までずっと側にいたから付き合うか』みたいなノリになって)

気が付いたらデートしたりとか、手を繋《つな》いだりとか、キスしたりとか。

(それで、その先に家族になって……あんな風に……)

あんな風に帰ってくる結城を出迎える時が来るだろうと、勝手にそう思っていた。

でも、その場所にはもう別の子がいる。

だからもう、その想像は現実にならない。

「……ぐっ」

止まらない。全然収まってくれない。

大粒の涙が止めどなくあふれてくる。

こんなに泣くものなのか。

こんなに辛《つら》いものだったのか。

「……アタシ、思ったよりも結城のこと好きだったのね」

大谷は震え声でそう呟《つぶや》くと、いつまでも一人涙を流していたのだった。

第四話　私の大事なもの

翌朝。

「……酷い顔ね」

大谷《おおたに》は鏡で自分の顔を見るとそう呟いた。

泣き腫《は》らした目元が赤い。

何を隠そう昨夜は一晩中泣いていたのだ。泣き疲れていつの間にか眠ってしまったのである。

「学校行かないと……」

そう思って準備をしようとするが。

「……」

倦怠感《けんたいかん》が酷かった。

正直、学校に行って結城《ゆうき》と会うのが嫌だった。

未練を自覚してしまった以上、きっと結城と話すたびに辛いことになるだろう。

そして結城のやつは、いつものようにこちらに話しかけてくるはずだ。結城にとって自分は安心して話せる相手、そういう信頼を積み上げてきたから。

（いや、ホント……なんでさっさと告白しなかったのかしらアタシ）

あの男の性格なら、異性として大谷が好きでなくても断るようなことはしなかったんじゃないかと思う。

そんなことを思いつつ、準備をノロノロと進めるが……。

「ああ、ダメだ。これダメなやつだわ」

大谷はそう呟くと、リビングに降りて朝食の準備をしている則子《のりこ》に「熱はないけど、今日は体調悪いから休むわ」と告げた。

則子は滅多《めった》に遅刻も欠席もしない大谷がそんなことを言ってきたので、少し驚いて心配する様子を見せた。

しかし、大谷の顔を見ると。

「……分かりました。先生には伝えておきますね。今日はしっかり休んで明日からはちゃんと行くんですよ」

「うん……」

そう返事をして大谷は自分の部屋に戻っていく。

あの感じはたぶん、仮病なことは見透かされているだろうなと大谷も分かった。

ただ今の自分は思いっきり泣き腫らした目をしているので、なにかあったんだなというところは察してくれたらしい。

今日はいいけど明日からはちゃんと学校に行くんですよ、と念押しまでされてしまった。

我が義母はなかなかできる人だなと改めて思った。

大谷は自分の部屋に戻ると、鍵《かぎ》を閉めて再びベッドにボスンと倒れこむ。

「ああ、学校休んじゃったな」

しかも、失恋のショックが理由で。

「思春期の乙女か……アタシは。いや、まぎれもなく思春期の乙女だけども」

自分でわけの分からないことを言って、自分でツッコんでしまう。

ダメだ。何も考えがまとまらない。

「……寝よう」

こういう時はひとまず寝るに限る。

大谷は布団をかぶると、再び目を閉じて深い無意識の中に落ちていったのだった。

◇

大谷翔子《しょうこ》は夢を見た。

自分と結城は成長していてすっかり社会人になっていた。

スーツを着たＯＬの自分。

まだ研修医の結城。

二人は付き合っていて、帰りの時間が被《かぶ》る日は待ち合わせて一緒に帰る。

その日は強い台風で電車も運休してしまい、自分と結城は仕方なく近くの安いホテルに泊まることにした。

ただいい年の男女が二人でホテルに入ったともなれば、何も起きないというのは無理な話で。

気が付いたら自分はベッドに押し倒されていて。

上から覆いかぶさるように結城はこちらの顔を覗《のぞ》いてきて、柄にもなくちょっとロマンチックなことを言ってくるのだ。

そして結城の大きな手が、ゆっくりと自分の体に触れて……。

◇

大谷はそこで目を覚ました。

「……はあ」

額に手を当てて大きなため息をつく。

いったいなんという夢を見ているんだろうか自分は。

「思春期の乙女か……いや実際そうなんだけど」

どれだけアイツのことが好きだったんだと、自分で自分に呆《あき》れてしまう。

スマホで時間を見ればもう十二時だった。

「あら？」

大谷はそこでメッセージアプリの通知が来ていることに気が付く。

その相手は初白《はつしろ》について調べてもらっていた中学の同級生だった。

「……」

大谷は少し息を呑《の》んで、メッセージを開く。

するとそこには。

『ウチの学校に初白って子はいなかったよ』

「え？」

大谷は机の上に置いてあった眼鏡をかけて、メッセージを読む。

『誰に聞いてもそんな子知らないって言うからさ。とりあえず一年から三年のクラス全部回って確認したけどいなかった。もしかしたら、学校辞めちゃった子の中にいるんじゃないかと思ってそっちも調べたけど初白って名前は無かったわ』

「……」

大谷はしばらく画面を見て固まっていたが、やがて指を動かしてメッセージを送り返す。

『そうなのね、ありがとう。もう一個だけ、一年生でここ一か月くらい学校を休んでる子がいたら、その子について調べてもらえないかしら？』

大谷はメッセージを送るとスマホを机の上に置いて再び枕に頭を預けた。

何かある子だとは思ったが、予想以上に何かある子らしい。

その時。

ピンポーン。

と家の呼び鈴の音がした。

宅配便か何かだろうと思っていたら。

階段を上ってくる足音が聞こえてきた。

コンコンと大谷の部屋の扉がノックされる。

――翔子ちゃん。起きてるかい？

優太《ゆうた》の声だった。

「起きてるわよ」

大谷はベッドから下りると鍵を開ける。

「おはよう翔子ちゃん、体調は良くなったかい？」

扉を開けると、いつも通り頼りなさそうな笑みの優太がいた。

「お友達がお見舞いに来てくれたよ」

「……友達？」

大谷が廊下の方を覗くと。

「やっほー、翔子ちゃん。お元気？」

いつも通り腹の立つヘラヘラした面構えの藤井《ふじい》が、こちらに向けてヒラヒラと手を振っていた。

◇

「……それで？」

大谷はベッドに足を組んで座り、床に座る藤井を睥睨《へいげい》する。

「なんで来たのよアンタ」

「お見舞いに来たに決まってるじゃないか」

そう言ってヘラヘラと笑う藤井。

「来て欲しいって言った覚えも、行くって事前に言われた覚えもないんだけど？」

「ははは、何言ってるのさ翔子ちゃん」

藤井は何を分かりきったことをという感じで言う。

「事前に言ったら来るなって言われるに決まってるじゃないか。だから言われる前に勝手にやってきたのさ」

僕って賢い、と言って親指を立ててウィンクしてくる藤井。

この大馬鹿の顔面に蹴《け》りの一つでもくれてやろうかと思ったが、今は気力が湧かないので勘弁してやることにした。

「来てもらったところ悪いけど、この通りすっかり元気だから見舞われるほどのことはないわ。貴重な昼休み使って来たのに無駄足踏ませて悪かったわね」

大谷がそう言うと、藤井は首を横に振った。

「何言ってるのさ。翔子ちゃん全然元気無いでしょ？」

「……」

「心配だよ。冗談抜きで」

先ほどまでのヘラヘラした表情とは違い、真剣な眼差《まなざ》しでこちらを見ていた。

まさか藤井のやつにまで見透かされるとは。

(というか、コイツこういう真剣な顔できるのね)

軽い感じでヘラヘラしているところしか見てなかったので驚きである。

「ホント大したことないわ。ただ、アタシのメンタルが思ったよりクソ雑魚《ざこ》だっただけの話よ」

「……もしかして、結城のこと？」

藤井にそう言われ、大谷の眉《まゆ》がピクリと動く。

「なるほど、そういうことか。もしかして、やっぱり結城のこと好きだって今更気が付いたとか？」

……なんでこの男、今日に限ってやたらと察しがいいんだ。

「そうか、そうなんだね」

藤井はそう言うと、スマホを取り出して何やら操作する。

「なにしてるのよ？」

「結城が心配して放課後お見舞いに行こうかなって言ってたから、翔子ちゃんが『来たら殺す。試験勉強に集中しろ』って言ってたってメッセージ送ってる」

「それは……うん、素直にありがとう」

藤井の中での自分の人間像について少々言いたくなることはあるが、今結城に見舞いに来られるのは正直避けたいところだった。

「まあ、翔子ちゃんのこういう弱いところ見られて僕は新鮮で嬉《うれ》しいけどね」

「それは喧嘩《けんか》売ってるのかしら……いやまあ、アタシも意外だったわよ」

「結城が付き合ったって話最初にしたときは平気そうだったじゃん。どうして今になって？」

「……まあ、アタシが自分の気持ちに鈍感だったたってことでしかないんだけど」

大谷はそう言って、これまでの経緯を藤井に話した。

正直、こっぱずかしい本音も沢山あるのだが、まあ毎日のように変な告白をしてくるこの男に話すことにはあまり抵抗は無かった。

結城と初白を心配して色々と調べたり確かめたりしたこと、その上で二人は最高の相性でどっちも誠実で、きっと大丈夫だろうと確信したこと。

そして……だからこそ、自分の気持ちに気が付いて苦しくなったこと。

「……ざっと、こんなところね。なかなか馬鹿な乙女でしょう？」

そう言って肩をすくめる大谷。

藤井は少し何かを考えていたが。

「それで、翔子ちゃんはどうしたいの？」

そんなことを聞いてきた。

「どうもこうもないでしょ。もう勝負はついてるんだから。アタシがどうにかできるものじゃないし」

「そうとも限らないと思うけどなぁ」

藤井の言葉に、大谷は眉をひそめて聞く。

「どういうこと？」

「……今から凄《すさ》まじくゲスなこと言うから、怒らないでね」

藤井はそう前置きすると言う。

「初白ちゃんは、翔子ちゃんが結城のこと好きだって言ったら、たぶん身を引くと思うんだよね」

「いやいや、初白さんは本気で結城のことが好きなのよ。それも恋じゃなくて愛って言っていいくらいに。いくらなんでも譲るなんてマネは……」

しない、と言いかけて大谷は止まった。

いやむしろ、本気で結城のことを愛しているからこそあるかもしれない。

大谷はついさっき届いたメッセージを思い出す。

『ウチの学校に初白って子はいなかったよ』

初白というのは偽名だ。本当の名前は別にある。

そう、あの少女は、あえてそういう過去を伏せるような何かを抱えた少女なのだ。

そしてそれは初白自身も分かっているだろう。

だからこそ、初白が身を引くことは十分に考えられるのだ。

「私はきっとご迷惑になるものを抱えていますから、大谷さんのほうが結城さんを幸せにできると思います」なんてことを本当に考えて身を引いてしまう姿が目に浮かぶ。

「……ね、ありそうでしょう？」

「そうね」

愛しているからこそ、自分のことよりも結城がより幸せになることを考える。

あの子はそういう子だ。

「というわけで、翔子ちゃんにはちゃんと目の前に選択肢があるわけだね。結城のことは諦《あきら》めてこのまま二人の幸せを願うか」

藤井は普段通りの軽い感じで言う。

「それとも割って入って奪い取るか」

何を馬鹿なことを。

大谷は思う。

そんな選択肢は存在しない。

そう言おうとして。

「……」

一瞬。

一瞬だが言葉に詰まってしまった。

頭の中で藤井の提示した選択肢を一瞬考慮してしまった。

母親の言葉が頭をよぎる。

『女はね、恋が一番大事なのよ。アタシの子だもの翔子もいずれ分かるわ』

「……ふざけんじゃないわよ」

大谷は絞り出すようにそう言った。

「確かにアタシの初恋は思ったよりも大きなものだったわ。それでも、もっと人として大事なものがある。アタシはそう思ってるわ。アタシはあの二人の幸せを願ってる。大事な友達として応援したいと思う。いいやつらだもの」

「そう……翔子ちゃんは相変わらずカッコいいなあ」

藤井はそう言うと、勝手に大谷の普段座っている椅子に腰かけて背もたれに身を預けた。

◇

翌日の朝。

大谷は普通に家を出て学校に向かった。

いつもの早い時間ではなく、普通の生徒たちが行くくらいの時間にである。

普段と違い通学路には同じ制服を着た生徒が何人も歩いている。

そして彼らの様子を見て大谷は大事なことを思い出す。

「……そう言えば、今日期末試験の初日じゃない」

登校する生徒たちの中には、ノートやプリントを広げているものが多かった。

正直大谷は試験前だからと言って、あえてガッツリ勉強するということはしないタイプではあるが、試験前日には試験範囲の見直しくらいはいつもやっていた。

(今回はあんまりいい点は期待できないかしらねえ……)

恋にかまけて赤点を取って、夏休みに補習などとなったらなかなかに気合いの入った黒歴史になるだろう。

そんなことを思いながら、学校にたどり着き教室に入る。

すると。

「おう、大谷。体調は大丈夫か？」

結城がいつも通りの感じでこちらに挨拶《あいさつ》をしてきた。

「……」

大谷の足が一瞬止まる。

正直、大谷は今結城と普通に話せるか不安だった。

だから普段よりも遅く登校したのだ。朝の教室で二人っきりになったら、あまり平静でいられる気がしないから。

「……大谷？」

結城が心配そうな目でこちらを見ている。

（ああ、もう‼）

何をいちいちメソメソと考えているんだ。

大谷はパチン!! と自分の頬を叩《たた》いた。

「ど、どうしたんだ急に!?」

「今日試験でしょう? アタシもたまには気合いでも入れようと思ったのよ……アンタこそ試験の準備はしっかりできてるんでしょうね?」

「ああ、安心しろ。小鳥《ことり》が来たせいで成績下がりましたなんてなったら恥ずかしいからな」

自信に満ち溢《あふ》れた表情でそう言う結城。

初白の名前を結城が口にしたとき、ズキリと胸が痛んだが無視する。

「それにアイツは絶対責任感じるからな、そんな思いをさせる気はないさ」

「気合い入ってるわねえ。体調も良さそうだし」

この前、一緒に帰った時はやや疲労感が感じられたが、今日は隈《くま》もなく血色もよかった。

「昨日は小鳥に試験の前日は早く寝ろって言われて早く寝たんだよ。食事も力つくもの作ってくれたしな。いつでもかかってこいって感じだぜ」

結城はそう言ってパシンと、まるでこれからボクシングの試合でもするかのように手を叩いた。

(……早く寝ろ、か)

そういえば出会ったばかりの頃、自分も似たようなことを言ったなと思った。

初白はきっと、ちゃんと結城のことをサポートしているんだろう。

それは結構試験勉強で追い込んだはずの結城が、一晩寝たとはいえそれなりに体調がよさそうなことからも窺《うかが》える。

（やっぱり、いい子だわ。初白さん）

自分が男なら彼女に欲しいと本気で思った。

その後も大谷は試験が始まるまでの間、なんとかいつも通り結城と話すことができた。

……そう、試験が始まるまでは。

◇

大谷たちの高校の試験は、二日間に分けて行われる。

一つ目の試験は現代文だった。

大谷にとってはそれなりに得意科目である。特に読解問題はそこまで勉強しなくても、ちゃんとその場で文章が読めれば点数になるのが有り難い。文字を読むことに抵抗のない大谷にとってはサービス問題である。

そんなわけで、サクサクと問題を解いていく大谷。

前の席の結城は大谷以上のハイペースでペンを動かしていた。途中でテンションが上がったのか、立ち上がって高笑いしたので教師に注意されていたが、まあ恐らく試験の難易度的にも結城なら満点を取るだろう。

そして次の教科は数学Bである。

大谷にとっては鬼門中の鬼門、数学だ。

試験が始まると同時に大谷の手が止まる。ぶっちゃけ分かる問題のほうが少ない。

なんとかこの中で、解ける問題を探して部分点をかすめ取って赤点を回避したいものである。

一方。

結城は先ほどと同じ、いやそれ以上のペースでペンを動かしていた。

大谷からすれば何がなんだか分からない数学問題を、淀《よど》みなくスラスラと解いていく。

(……凄《すご》いわよねホント)

普段はアホな振る舞いをすることの多い結城だが、こういうところは本当に尊敬する。

これが初めから頭がいい人間がやっているのであれば、凄いと思うだけなのだが大谷は結城がそういうタイプでないことを知っている。

自分の前で黙々と試験に取り組むその背中には、誰よりも積み重ねてきた時間と努力が垣間見《かいまみ》える。

自分の父親に似た、頼りがいとそしてどこか安心感のある背中だ。

高校に入ってから、ずっとずっと見てきた。

見ていると少し心が温かくなった。

後ろの席に座る自分だけが特等席で見ることができるものだった。

……はずだったのに。

ポタリ。

と、大谷の解答用紙に涙が零《こぼ》れる。

（……ああ、ダメだわ）

試験中なのに涙が止まらない。

こうして目の前で実物を見てしまうとどうしても思い知らされてしまう。

やっぱり、自分は結城が好きだ。

この真剣な姿も、普段の少し危なっかしいところも、たまに見せる優しさも、全部自分のものにしたいと思ってしまう。

でも、きっと今目の前にいる結城が考えているのは初白のことだろう。

初白のせいで順位が落ちたなどと思わせないために一心不乱に問題を解いている。

心の支えにしているのも初白だろう。献身的に支えてくれる彼女の存在が、毎回特待生を維持しなければならないという重圧に疲弊した心を支えている。

すぐ手を伸ばせば触れられる、この温かくて眩《まぶ》しい背中は自分でない人のものになったのだ。

「……ぐっ」

大谷は溢れ出る涙と嗚咽《おえつ》を周囲にバレないように必死に抑えつける。

結局、試験どころではなく、数学Bのテストは名前だけ書いて白紙で出すことになってしまった。

◇

試験も二日目。

「……はい、それじゃあ答案用紙を前に送ってくれー」

そして今、ちょうど最後の試験が終わった。

最後の試験官がちょうど担任教師だったため、そのまま簡易にホームルームを終えてそのまま放課後となった。

教室の空気が一気に弛緩《しかん》する。

「……はあ」

大谷も大きく一息ついた。

一日目の二限目の時はどうなるかと思ったが何とか持ち直した。他の教科は試験前に復習しないで挑んだ割にはそれほどデキは悪くなかったと思う。

まあ、数学Bはどう転んでも赤点だが。

（また黒歴史を作ったわね……）

試験中に視界に入ってくる失恋相手の姿に号泣して答案用紙を白紙で出して赤点。

字面にすると凄《すさ》まじい黒歴史なのは間違いない。

他人だったら、笑いはしないがまあまあ引くレベルである。

「ふう」

前の席の結城も一息ついた。

「……お疲れ様。できはどうだった？」

大谷がそう聞く。

試験中に泣いた分、結城と落ち着いて話すことができるようになっていた。

「正直、会心のできだったな」

結城は少し戸惑ったような様子でそう言った。

「なんつーか、今までで一番手ごたえがある。実際の勉強時間だけ考えれば今までで一番短かったのにな」

「へえ。もしかして彼女パワーかしらね」

大谷は半分くらい冗談の混じった口調で言ったが。

「もしかしなくてもそうだと思うわ。終わったらこれを初白に渡すと思うと無限の力が湧いてきたぜ」

そう言って結城がバッグから取り出したのは、某テーマパークの二人分のチケットだった。初白と過ごす時間が減った分、試験が終わったら一日休みを取って遊ぶと言っていたものである。

本当に嬉《うれ》しそうで、幸せそうな顔だった。

「……はあ、はいはい。無限の力とかよく真顔で言えるわね」

でも、冗談ではないんだろうなと呆《あき》れつつもやはり胸は少しだけ痛む。

結城は初白のためを思えば力が湧いてくるし、初白も結城が頑張れるように献身的に支えている。

本当に完璧《かんぺき》な二人だ。

（……でも）

完璧なはずの二人だが、初白にはまだ隠してることがある。自分の過去とそして本当の名前だ。

このことは、結城に話した方がいいんじゃないかとふと思った。

大谷は少し間を空けると声のトーンを落として言う。

「……ねえ、結城。初白さんのことだけど」

「……どうした？」

「前に、初白さんの学校でのこと調べてみるって言ったじゃない？」

「ああ、そうだな」

結城も真剣な雰囲気を感じ取り、大谷の方を見る。

「あの時は、調べたことをアンタに言うつもりはないって言ったけど……やっぱりこればっかりは言うわ。中学の頃の同級生に連絡して調べてもらったんだけどね……」

ゴクリと唾《つば》を飲む結城。

「あの女子高に……初白っていう生徒はいないそうよ」

大谷がそう言うと。

「……は?」

あまりに予想外だったのか、結城は目を丸くして一瞬固まってしまう。

「いやいや、ちょっと待ってくれよ。いくらなんでもそれは」

結城の気持ちも分かる。実際に初白の着ている制服はあのお嬢様学校のものだし、バッグやジャージもその学校指定のものだった。

「アタシも分からないわ。今もう少し詳しく調べてもらってるところよ」

「……」

呆然《ぼうぜん》とする結城に大谷は言う。

「悪いわね。アンタとしては黙っておいて欲しかったんでしょうけど、伝えておかないとアタシの気が済まなかったから」

「……いや、それはいい。教えてくれてありがとうな」

「ねえ、さすがにそろそろ初白さんに自分のことを話してもらったら？　まあ……そこはアンタの好きにすればいいと思うけどさ」

結城は手に持ったチケットをじっと見つめてしばらく立ち尽くしていた。

大谷はそんな結城を尻目《しりめ》に、自分のバッグを肩にかけて教室を後にするのだった。

◇

教室を出た大谷は、早足で通学路を歩くと人通りの無い路地裏に入っていった。

そして。

「クソ‼」

そう言って壁を蹴《け》り飛ばす。

「なんで、なんで伝えたのよ……」

初白が何かを隠していることなど、黙っていればよかったじゃないか。

むしろ、結城本人は初白が自然に話してくれるのを望んでいたのだからそうするべきだったはずである。

なのに自分は結城にそのことを伝えた。それが、せっかく試験が終わった二人のお祝いムードに水を差すようなことになるのを分かっていながら。

結城が少しでも不安になって、それで初白との関係に何か起これば、もしかしたら自分が入り込む隙間ができると思ったのか。

なんだそれは、恥を知れ。

『女はね、恋が一番大事なのよ。アタシの子だもの翔子もいずれ分かるわ』

また母親の言葉がリフレインする。

黙れクズが……と言いたかったが、ついさっきの自分の行動は母親のことを言えたものではないなと思った。

「アタシも、あの女の娘ってことなのかしらね」

大谷は苦笑いを浮かべた。

血液半分くらい輸血で入れ替えたら、少しはこの腐った性根も薄まるのだろうか。などと考えた時。

スマホの通知音が鳴った。

初白について調べてもらっていた中学の同級生からだった。

大谷はメッセージを開く。

『初白という名前の生徒はいなかったけど、一人、一年生に二か月前から不登校になった生徒がいるみたい。長い黒髪でかなり可愛い感じの子』

初白だなと大谷は確信した。

大谷は同級生、ナオミに電話をかける。

数回のコールで通話が始まった。

『やっほー、大谷おひさー』

ものすごく軽いノリの声が聞こえてくる。

この女、これでハード○辱もののエロアニメが三度の飯より好きだというのだから侮れない。

「ナオミも元気そうね。それで調べてもらってた子だけど、たぶんその子であってるわ。詳しい話聞かせてもらえる？」

『はーい、りょーかいりょーかい』

そして大谷はナオミから学校での初白の話を聞いた。

それによると、いじめは無かったとのことだ。正確には一度初白が、いじめに対して異常な反応を見せてから誰も近寄らなくなったということである。

「……そう、色々調べてくれてありがとうね」

『いいって、いいって。翔子には恩があるしね』

じゃあねー。

と言って、ナオミは通話を切った。

「……そうか、やっぱりそっちか」

初白の傷の原因。いじめの線は消えた。

そして、大谷が直《じか》に話した感じでは、自分で自分を傷つけるようなメンヘラでないことも分かっている。むしろ心の根っこはかなり強く我慢強いほうだ。

あの世間知らずさや恋愛初心者な感じを見ると、学校外の友達や彼氏というのも無いだろう。

となると残るは。

「親か……」

もちろんそっちも考えなかったわけではない。

ただ、これでも暴力とは無縁の家庭で育った人間である。優太は言わずもがな、あのクズも手を上げるようなことはしないタイプだった。

だから可能性から除外して見ていたところがあるのかもしれない。

「虐待か……あの子も親に振り回されてきたのね」

「翔子ちゃん、虐待って？」

そう声が聞こえてきたので顔を上げると、そこには藤井が立っていた。

いつも通りのヘラヘラした顔だったが目は真剣だった。たぶん今の大谷の呟《つぶや》きが友人である結城と初白についてのモノだと確信している。

詳しい話を聞かせてもらってもいいよね？　とその目は言外に語っていた。

◇

大谷は藤井とよく使うファミレスに入った。

二人ともドリンクバーを注文して席に座る。

「……なるほどね」

大谷の説明を聞いて藤井は頷《うなず》いた。

「虐待か……僕も一度小さい頃、悪さして親父に引っぱたかれたことあるけどそれくらいだからなあ。何というか凄《すご》く遠い世界の話だと思ってたよ」

「そうね。アタシもよ」

「結城は逆の意味で僕らより想像つかないかもしれないね」

「……どういうことかしら？」

「結城の親父さんって教育のためなら体罰上等な人だったからさ。逆に『教育のためでもなんでもない親の暴力』ってイメージ湧かないと思うんだよ」

「ああ。アタシには体感はないけど、そういうのもありそうね」

「それに、結城が中学の頃通ってた野球クラブは、いじめが原因で死んじゃった子がいて解散したしね。どっちかって言うといじめのほうに頭が行くんじゃないかな？」

藤井はサラッとそんなことを言った。

「え、なにそれ？　初めて聞いたんだけど。アイツ……他にもまだハードな過去を持ってたのね」

「そうだねえ。我が親友は僕らみたいな普通な人間と違って、主人公みたいなドラマチックな人生送ってると思うよ」

藤井は呆《あき》れたように肩をすくめる。

「それで……どうしようかねえ僕らは。問題の原因が分かったのはいいけどさ」

「そうね……」

原因が親の虐待によって追い込まれたことだというのは分かったが、結局大谷たちに何ができるのかと聞かれれば特に何もできることは思い浮かばなかった。

強いて言うなら、このことを結城に伝えることだろうが、結城自身は初白が話してくれるのを待つと言っているのである。

「ただ、一つ改めて分かったのは初白さんには結城が必要だってことね。あの子のこういう過去も全部受け止めて幸せにしてあげられるのはきっとアイツしかいないと思うから」

大谷は自分でそう言った時。

また胸がチクリと痛んだ。

（……こんな時までいちいち傷ついてんじゃないわよ）

と未練がましい自分の性分に顔をしかめる。

藤井はそんな大谷の様子を見て言う。

「……翔子ちゃん、初白ちゃんのこと気にかけてるよね」

「当たり前じゃない。アタシはもうあの子の友達のつもりよ」

大谷がそう言うと、藤井は「んー」と少し首を捻《ひね》った後言う。

「友達だからってそこまで譲ろうとするのって、おかしくない？」

「どういうこと？」

「いや、十年来の親友だからとかなら分かるけどさ。翔子ちゃんが初白ちゃんと話したのって所詮《しょせん》数回程度だしさ。あの子がいい子で好きになる気持ちは分かるけど、だからって泣くほど大事な恋を譲ってあげるほどのモノじゃないと思うんだよね」

「それは……」

「今からまたゲスなこと言うけど」

藤井は真剣な目で言う。

「僕なら絶対あの二人に割って入るよ。だって僕は絶対翔子ちゃんと付き合いたいからね」

「まあアンタは、そうでしょうね……」

「だってこの想いは本気も本気だから……仮にそれで誰かが不幸になったとしても絶対に譲らない」

　そう言った藤井の顔はいつになく真剣だった。

「……そう」

　普段からそういう顔をしていればいいのにと大谷は思う。

　素直にカッコいいからムカつくことに。

　まあ本人には絶対に言ってやらないが。

「まあ、正直アンタの言うことも正しいと思うわ。ちょうど今、そういう気持ちも痛いほど分からされてるところだしね」

　失恋は辛《つら》い。

　好きな相手が他の誰かと愛し合っているのは辛い。

　それは身をもって体験した。

　だが……。

「アタシのこれは……つまらない意地よ。アタシは個人的に初白さんみたいな子に幸せになってもらいたいの。あの子は、アタシの今の両親に似てるから……」

結城の頑張りすぎるところが優太に似ているように、初白も優太や則子に似ているところがある。

優しすぎること、真っすぐに人を愛せること。

だからこそ相手によっては、それを利用されて搾取されてしまう脆《もろ》さもある。

大谷はそんな人にこそ信頼できる相手と愛を育《はぐく》んで幸せになって欲しいと思うのだ。

「それを、自分の恋のために壊しに行くなんてことをしたら……アタシは、アイツと同じになる。絶対に許せないあの女と」

大谷はギュッと手を握りしめて言う。

「それだけはアタシがアタシを許さないわ。絶対に……何があっても……」

そう言って決意を込めた眼差《まなざ》しで藤井の目を見る。

「……そう」

藤井は笑顔で頷いた。

「やっぱりカッコいいね、翔子ちゃんは」

「……意地っ張りなだけよ」

大谷はドリンクバーから持ってきたコーヒーに口をつけた。

砂糖やミルクをいれていないブラックコーヒーの苦味が口の中に広がる。

「なーんだ。じゃあ結城が初白ちゃんと別れるようなことがあれば、やっぱり結城に告白するわけか」

藤井は頭の後ろで手を組んで背もたれに寄りかかった。

「え？　ああまあ、それはそうかもしれないわね」

大谷としてはあの二人が別れるという可能性は考えていなかったので、ハッキリとしない返事をしてしまった。

「完全に諦《あきら》めてくれたら僕が付き合えると思ったのになあ」

「アンタねえ……そもそも、あの二人が別れるところ想像できる？　たった一か月だけど、あんだけ深いところで愛し合ってる人たち見たことないわよ」

「いやまあ、そこは同意なんだけどさ。それもこの前言ったことでさ、愛し合ってるからこそ離れ離れになっちゃうことってあるからね……」

その時だった。

「あれ、結城じゃない？」

大谷の背後、ファミレスの入り口の方を見て藤井がそう言った。

振りかえって見ると、参考書を持った結城が一人で入ってくるところだった。

（……おかしいわ）

大谷はすぐにそう思った。

結城は試験が終わったら、初白との時間を目いっぱい楽しむと決めていたはずである。

なのにこの夕飯時に一人でファミレスに勉強をしに来ている。

見ればどこか呆然《ぼうぜん》とした雰囲気で、いつもの無駄な元気さがない。

何かあったのは明白だった。

◇

結城は大谷たちに気が付いたのか、こちらの方を向いた。

「あら、奇遇ね」

「やあ、結城」

大谷と藤井がそう言うと、結城はこちらのテーブルに歩いてくる。

藤井が結城の手にある問題集を見て言う。

「なんだ結城。テスト終わったばっかりだっていうのに勉強かい？」

「……ああ」

結城は気のない返事をした。

（……やっぱりおかしいわね）

近くで顔を見ると、結城は今まで見たことも無いような表情をしていた。

気の抜けたような、寂しそうな、心にポッカリと穴の開いたような。

大谷は眉《まゆ》をひそめて言う。

「結城……アンタ、何かあったでしょ？」

大谷の言葉に結城はピクリと反応する。

「いや、それは」

「そんなシケた面して『何でもない』は無しよ。第一、試験終わったのに初白さんと一緒にいないなんておかしいわ」

ド正論をぶつけてやると、結城はその場で黙ってしまう。

こういう様子も普段はなかなか見ないものである。

「諦めなよ結城。翔子ちゃんはこうなったら頑固だよ」

藤井は肩をすくめてそう言った。

「僕としても、我が親友が心配だしね。よければ、話してくれないか？」

優しい声だった。

大谷の厳しい追及と合わせて、飴《あめ》と鞭《むち》というところだろうか。

ようやく観念したのか結城は口を開く。

「……ああ。そうだな。お前たちは初白とも仲良かったしな」

そう言って結城は二人と同じテーブルにつくと、とりあえずドリンクバーだけ注文した。

そして、結城は今日の放課後にあったことを話し出した。

初白と買い物をしている最中に、初白の父親に会ったこと。

それが藤井の所属する野球部で今年からコーチをしている清水《しみず》だったということ。

当然、清水は初白を自分の家に連れて帰ったこと。

しばらく落ち着くまでは小鳥とは会わないで欲しい、と言われたこと。

そして……清水に対して初白は酷《ひど》く怯《おび》えていたこと。何か言いたそうにしていたこと。

「……なるほどね」

一通り話を聞いた大谷は、ドリンクバーからあらためて持ってきたコーヒーを一口飲んだ。

結城の話を聞いてだいたいの事情は理解した。

結城と違い、初白が虐待を受けていたという情報を知っているので、事態の把握は容易だ。

なので……。

「とりあえず。結城……アンタは大馬鹿野郎だわ」

一切の遠慮なくそう言い放った。

「ど、どういう意味だよ？」

「言葉の通りよこの大馬鹿。アンタ初白さんが何か言いたいけど言えないことあるって分かってたなら、どうして聞き出さないのよ」

「そ、それは……」

大谷はコーヒーカップをテーブルに置きながら続ける。

「第一、なんで簡単に清水の言うことハイハイ聞いて初白さん連れて行かせちゃったのよ。いくらアンタでも想像ついたんじゃないの？　初白さんは……帰りたくなかったって」

「……」

結城は少しの間黙っていたが。

やがて、ゆっくりと口を開く。

「でも、どうするかを決めるのは、初白だから……」

「結城、アンタ……」

「俺からああしてくれこうしてくれって言うのは……違うだろ。無理やり聞き出すようなマネはしたくない」

結城の言葉から滲《にじ》み出るのは優しさだった。

そう言えば、コイツはこういうやつだったなと思い出す。

父親に生まれた時から道を決めつけられたのを反面教師にしているのか、結城は相手の意思をとにかく尊重する。

本当は相手にこうなって欲しい、こうして欲しいと思っても、相手が自分で決めたことならと自分の想いを引っ込めてしまうのだ。

「別に今後会えなくなるわけじゃないしさ。それに、清水は初白の父親なんだぞ。心配に決まってるじゃないか」

だが、そこは認識が甘い。

清水の言った「しばらく落ち着くまでは小鳥とは会わないで欲しい」の、「落ち着くまで」など一生来ないに決まってる。

「あと……あとさ」

結城は手に持っているコップをグッと握りしめた。

「……親父が生きてるなら、一緒に暮らさせてやりたいじゃないか。いつまでもいるわけじゃないんだから……」

「結城……」

かつて父親と野球の練習をする結城の姿を見たことのある藤井は小さくそう呟《つぶや》いた。

本当に……お人よしなやつだ。

と大谷は思う。

そして、同時にあることにも気づいた。

(これ……このままいくと、二人が離れ離れになるわね)

さっき、藤井が言った通りのことが目の前で起きている。

お互いがお互いを愛していて、お互いを尊重するからこそ初白と結城は今すれ違った。

結城が初白の選択と家族でいられることを尊重したように、初白も父親に見つかった以上は自分がいることで結城の迷惑になると考え、助けて欲しいとは言わなかったんだろう。

大谷が割って入るまでもなく、このまま放っておけば離れ離れになる可能性はある。

（……そうすれば）

そうすれば、もしかしたら自分は諦めたはずの初恋を取り戻すチャンスを手にできるんじゃないか？

大谷の頭を勝手にそんな考えがよぎる。

何を馬鹿なことを……。

とは、もう思わない。

もう十分に分かっている。

失恋は辛《つら》いし。

恋は思ったよりも、自分にとって大きなものだった。

それに初白と結城が別れることになるのは勝手に起こったことだ。

大谷が強引に割って入って亀裂《きれつ》を作ったわけじゃない。

ならいいじゃないか。

一人になった結城を自分が手に入れても。

それは、何も悪いことじゃない。

自分はただ、差し伸べられそうな手を差し伸べなかっただけだ。誰かの幸せを壊すわけじゃないんだから。

(……うん、そうよね)

(でも)

……それでも、と。

大谷は再びカップを持ち上げると、残ったコーヒーを一気にあおった。

「ふう……アンタの気持ちも理解できなくないけどね」

そして、ガシャンとテーブルに叩《たた》きつけるようにカップを置いた。

さあ、大谷翔子。気合いを入れろ。

自分の辛さは表情にも声音にも一切出すな。

今から、目いっぱい意地を張ってカッコつけるぞ。

「ねえ、結城。アンタはさ、人にああしろこうしろって言うの無意識に嫌うわよね。それは、たぶんアンタ自身が父親に野球をすることを強要されてきたからだと思うのよ。アンタ自身はそこまで嫌じゃなかったって話だけど、無意識にそれが正しいことじゃないって分かってて、無駄に優しいアンタはそれを人にしたがらない」

「……そんなことは」

ない、と言おうとした結城の言葉が止まる。

まあ図星だろう。知っているとも、ずっとアンタを見てきたんだから。

「まあ、なぜかアタシには遠慮なく頼み事してくるのは後で問い詰めるとして。アンタはお節介をしたくてもそれを強要はしたくないのよ。それは、立派な考えだと思うし、そんなアンタだからこそ初白さんはアンタの傍で安心していられたんだと思うわ……でもね」

大谷は結城に顔を近づけて言う。

「強引なお節介は別に悪いことばっかりじゃないわ。服を買いに行ったとき、アタシはアンタに強引にアンタの分の服を買わせたわ。あれは、ただ迷惑なだけだったかしら？」

あの時のアンタのコーディネートね、実は前からアタシがアンタに着せたら一番カッコいいと思ってたモノ選んだのよ。

だから、初白さんと違ってすぐに選べたの……気づかなかったでしょうけどね。

「……いや、初白がすごく喜んでくれた。カッコいいって言ってくれたしな。嬉《うれ》しかったよ」

ズキリと心が痛む。

やっぱりアンタが嬉しいのは、あの子にカッコいいって言われる事なのね。

胸の苦しさが表情に出そうになる。

『女はね、恋が一番大事なのよ。アタシの子だもの翔子もいずれ分かるわ』

頭をよぎる母親の言葉。

黙れ。

と、大谷は苦しさを表に出さないように手を握りしめる。

「そういうことよ。今だってそう、さっきアタシが強引に話しなさいって言ったから、アンタはこうしてアタシたちに自分の話を打ち明けられてる」

「……」

「アンタでさえそうなのよ結城。あの初白さんよ？　多少は強引にお節介やかないとあの子は絶対に我慢し続けるわよ……それこそ、また飛び降りようとするまで」

「……なんでそのこと知ってるんだよ」

「服選んでるときにね、聞いたのよ話の流れで……んでね。自殺しようとしたことについてだけど」

大谷は携帯を取り出して画面を操作する。

あとはやることは簡単だった。

同じ中学だったナオミからのメールを見せて、初白の傷がいじめでできたものではないことを教えた。

結城はそれを聞いてやはり親の虐待に思い至る。

ついでに普段から清水のコーチを受けている藤井が、清水という人間に普段から感じている不気味な印象を結城に話した。

そんな自分たちのちょっとした一押しで。

「……初白っ!!」

結城は勢いよく立ち上がった。

その顔に満ちているのは決意。先ほどまでの生気の抜けた感じは吹き飛んでいた。

藤井が結城に言う。

「清水コーチの家なら、市立高校のところの焼き肉屋の向かい側にある赤い屋根の二階建ての一軒家だよ」

「ありがとう藤井……なあ」

「ん？　どうしたの？」

「もしかしたら……お前や野球部の連中に迷惑かけるかもしれない」

藤井はコップに入った氷を一つ口に入れると、コリコリと噛《か》む。

そして、一瞬チラリと大谷の方を見た。

その目は大谷に聞いていた。「本当にいいのかい？」と。これが今、結城を引き留めることのできる最後の理由だ。

大谷は深く頷《うなず》いた。

藤井はそれを見て複雑な表情をする。

嬉しそうでもあり、悲しそうでもあった。

（アンタも結構お人よしな男ね……）

あれだけ、自分なら二人の間に割って入るだの何だの言ってたくせに、こういう時には大谷の意思を確認するのだから。

そして、藤井は結城に言う。

「んーまあ、……好きにすればいいんじゃないか？　何かあったら、僕はジャンボパフェで手を打つよ」

そう言って小さく笑った。

「ああ、いくらでも奢《おご》ってやる」

結城はそう言い残すと、千円札をテーブルの上に置いてファミレスを飛び出した。

（……ああ、もう大丈夫ね）

大谷は店を出て、駆け出していく結城の背中を見てそう思った。

それは藤井も同じ考えだったようで。

「ああなったらきっと何とかしちゃうんだろうなあ。結城ってそういう主人公みたいなやつだからさ。もう僕たち脇役の出る幕じゃないね」

そう言って呆《あき》れたように肩をすくめる。

そう……。自分はきっと、この先、結城にとってのヒロインにはならない。

その道を自分で選んだのだから。

「……」

大谷はしばらく黙ったあと。

「ねえ藤井。アンタさっき言ったわよね。自分のアタシと付き合いたいって思いは『本気も本気だ』って」

「え？　うん。そう言ったね」

「……アタシだってね。そうだったのよ」

大谷はそう言うと席から立ち上がった。

「翔子ちゃん？」

急に立ち上がった大谷に藤井は少し驚く。

「ちょっと一人になりたいから、先に帰るわね」

そう言い残して大谷はファミレスを出た。

◇

店を出るとすっかり暗くなっていた。

今日は星がよく見える日だ。

大谷は家に帰る道とは違う道を早足で歩いていく。

「……そうよ。ちゃんと本気だったんだから。アタシだって」

気が付けばアイツのことをいつも考えてた。

一緒にいると温かい気持ちになった。

ときどきカッコいいところ見せられるとドキドキした。

付き合ってからのこととか結婚したらとかそういうことを想像したりもした。

もう自分のものにならないって分かった時は馬鹿みたいに涙だって流した。

「でも……それでも」

もっと大切なものがある。譲れないものがある。

母親のようになりたくないと思う自分がいる。

……だから。

大谷は人気《ひとけ》のない河川敷までやって来ると立ち止まった。

バッグを置いて、大きく大きく息を吸い込む。

そして。

「ああ!!!!」

叫んだ。

「見たか‼　この、バカタレがあああああああああああああああああ‼」

星だけがやたらと光る、雲一つない夜空に向けて。

肺の空気を一つ残らず吐き出すように。

「アタシは選んだわよ‼　大事なものを‼　恋なんかよりもずっとずっとずっと大事な‼　大好きな人たちの幸せを‼　悔いはない‼　清々《すがすが》しい気分よ‼　アンタのクソみたいな恋心なんて、微塵《みじん》も分かってやらないんだからあああああああああああああああああああああああ‼」

瞳《ひとみ》からボロボロと涙が零《こぼ》れる。

これが最後だ。

大谷翔子が初恋で流す最後の涙だ。

全て流しきったら晴れやかに笑おう。

私は、私を貫くことができた勝者なのだから。

「ぜえ……ぜえ……ゲホッ、ゲホッ」

やがて、涙を流しつくし叫ぶ体力も使いつくした大谷は、ゆっくりと息を整える。

ここで、一人満足して晴れやかに笑顔。

といきたいところだったのだが、どうにも邪魔ものがいた。

「……んで、アンタなんでここにいるのよ？」

「ん？」

藤井である。

いつの間にか大谷の後ろに立っていた。

「いや、意中の相手が失恋して傷心だから、慰めたら付き合えるかなと思って」

藤井はさあ僕の胸に飛び込んできなよ!!　と言わんばかりに両手を広げた。

「……バカ……ホント最低よ、アンタ……」

大谷は藤井の方に向き直ると、その目を見て言う。

「……いいの？　アタシでさ。ご覧の通り、意地っ張りで可愛げのない女よ」

すると藤井はニコリと笑って。

しかし、目だけはどこまでも真剣に。

「そこが最高なんじゃない」

そう言った。

「……しかたない男ねホント」

大谷はそう言って藤井の胸に頭を預けたのだった。

エピローグ　気にいらないことが一つあった。

本日は一学期の終業式である。

（……相変わらず校長の話は退屈よねえ）

大谷《おおたに》翔子《しょうこ》はパイプ椅子に座りながら内心愚痴っていた。

隣を見ると、結城《ゆうき》が持ち込んだ参考書をこっそりと読んでいた。

こんな時まで勉強とは相変わらずだなと呆れる。

初白《はつしろ》の一件からしばらく時間がたった。

いや、正確には彼女の名前は清水《しみず》小鳥《ことり》だったので、小鳥の一件と言うべきか。

あのファミレスでのやり取りの後、色々とあったらしいが結城と小鳥は何とか切り抜けたようである。

小鳥の父親が逮捕されるということもあったが、それでも二人は今でも幸せそうに過ごしていた。

むしろ困難を乗り越えた分、前よりも二人の絆《きずな》は深く強固になった気さえする。

（……ホント、主人公とヒロインみたいな二人ねえ）

全くもって自分の入る余地など無いと大谷は苦笑する。

まあ、だからこそ、幸せであって欲しい二人だと、今は心の底からそう思える。

そんな自分になれたことに大谷は誇らしい気分になるのだった。

◇

さて。

そんな風に初恋に決着をつけることができた大谷だが、それはそれとしてまだ一つ、結城に対して思うところがあった。

大谷は自分の想いを結城に伝えることを怖がってしなかった。そのせいで初恋が実らなかった訳である。

それは自業自得であり、そこは受け入れている。

だが逆に、結城の方が大谷に好意を持って告白して来るというパターンもあったはずである。

小鳥には自分から付き合ってくれと言ったという話ではないか。

というかあの男、小鳥には毎日のように世界一可愛いだのなんだの言うくせに、自分にはそんなことを一言も言ったことがないのである。

大変、不愉快である。

これでも人並みには美容に気を遣っている乙女なのだ。

これは、一度ギャフンと言わせてやらねば気が済まない。

「……というわけで、ダイエットするから手伝いなさい」

「翔子ちゃんも意地っ張りだねえ。まあ、彼女が可愛くなろうとするのは彼氏としても歓迎だけどさ」

大谷は毎朝、清水の事件で野球部が三か月の休部処分となった藤井《ふじい》を呼び出して運動に付き合わせた。

まあ、藤井自身も休部中に体を動かすつもりだったので、結局大谷の何倍もハードに運動していたが。

大谷は元々運動不足だったので、藤井の半分以下の運動でも死にそうになった。

食事も徹底的に管理し、糖質は最低限に、良質な栄養価の高いものを腹五分目くらいまでで済ませた。

正直、滅茶苦茶《めちゃくちゃ》辛《つら》かったがもうそこは乙女の意地である。

この腐れ鈍感主人公め。アタシを選ばなかったことを後悔するがいい、と黒い情念をエネルギーに大谷はひと夏を乗り切った。

そして……。

「……しかし、ここまで変わるとはね。見てるだけで鼻血出そう」

藤井が大谷の姿を見てそう言った。

「元々、太りやすいけど痩《や》せやすいのよアタシ」

自分自身でも見違えるような、完璧《かんぺき》なスタイルの女がそこにいた。

無駄な脂肪だけが削《そ》ぎ落とされ、見事な曲線美を描く自分のボディライン。我ながらなかなかのものである。

ついでに、めんどくさそうだから避けていたコンタクトレンズをつけて、化粧や髪形も変わった体形に合わせた。

そして、新学期。

いつも通り朝早く学校にやってくると、やはり結城が一人参考書を読んでいた。

「新学期早々から熱心なことね」

大谷が声をかけると、結城は顔を上げてこちらを見る。

「久しぶりだな大谷……」

そして。

「ん……？」

結城は首をかしげた。

「……あの、どちら様で？」

「寝ぼけてんの？　不本意にも一年の時からずっとアンタの後ろの席の大谷翔子よ」

「……」

そのポカンとした見事なまでの間抜け面が見られて、大谷は非常に満足したのだった。

特別編

藤井亮太、運命の出会い

藤井亮太《ふじいりようた》が大谷翔子《おおたにしようこ》と出会ったのは、入学して三か月ほどたった頃である。

ちょうど高校に入って最初の中間テストの順位が発表された日のことだった。

この学校は上位三十人に関しては順位が張り出される。藤井の名前もそこに載っていた。

結果は学年八位。

「すごーい、藤井君頭いいんだね!!」

「部活もやってるのに偉いね!!」

と、隣のクラスの前に一度だけ話したことのある女子たちが言ってきた。

いつものことなのだが、自分と話すときにほとんどの女子は声がワントーン高くなる。

「ははは、今回は運がよかったよ」

藤井はそう笑顔で答えつつも内心では複雑な思いだった。

（……すごくて、偉いか）

正直、その評価を自分には到底下せなかった。

まず部活動をやってるのに偉いかと言われると、正直授業と宿題以外の勉強はやっていないのだ。元々要領がいいだけなので、別に部活で疲れた中寝る時間を削って勉強を……みたいなことは全然やっていない。

これで偉いと言われてもな……という話である。

次に「すごい」の方だが、別にこの学校は偏差値が特別高い学校というわけでもない。

藤井はもっと上の学校を狙えたが、家から近くて野球部がそこそこ強いからという理由でこの学校を選んだのだ。

なので、この学校の中では勉強ができる方ではあるのだが、すごいと言われる程でもないと思う。

（……本当に凄《すご》いのは、こっちだよなあ）

藤井は張り出された成績の一番上を見る。

結城《ゆうき》祐介《ゆうすけ》　一位　８８５点。

九百点満点で十五点しか落としてない。ちなみに二位との差は六十点近く離れている。

凄いというのはこういうことを言うと思うのだ。

しかも、結城は毎日のようにバイトをして生活費を自分で稼いでいる。その中で必死に勉強してこの成績を取っているのである。

偉いというのはこういうことを言うのだと思う。

「……ホント敵《かな》わないなあ」

◇

放課後。

帰りのホームルームが終わった藤井は、帰るために自分の荷物を整理していて気づく。

「……ああ、これ返さないとか」

藤井が手に取ったのは結城から借りた野球の技術書だった。

有名なメジャーリーガーが書いたもので、結城にとってはバイブルらしい。

藤井は野球部ではピッチャーだが最近コントロールに苦しんでおり、もしかしたら改善のヒントになるかなと思って借りていたのだ。

藤井のクラスと結城のクラスは同じ学年だが、教室の階が違う。

部活の道具を肩にかけると、階段を下りて結城のクラスの教室に向かう。

ドアのガラス越しに教室の中を見ると。

（……ああ、いたいた）

結城が勉強をしていた。

放課後に仕事が無ければだいたい教室か自習室で下校時間ギリギリまで勉強しているのだ。

「よくやるよホントに」

藤井が結城をなにより凄いと思うのはこういうところだ。

結城は元々勉強ができる人間ではなかった。聞いた話では定期試験の順位は中学の途中までは学年で下から数えて両手の指の数で足りたというのだ。

野球漬けの毎日を送っていたせいもあるだろうが、それでも藤井であったらそこまで酷《ひど》い成績にはならないと確信できる。

だから、結城のこの成績は本当に「努力でなんとかしてしまった」ものなのだろう。

それ相応の努力をしている姿も、同じ高校に入ってから見ている。

藤井も影響されて勉強してみようか、と思ったのだが悲しいことに三日も持たずに元の生活に戻っていた。

理由はなんとなく自分でも分かってる。

自分はそんなことしなくても、気分よく過ごせてしまっているからだ。

周りよりも勉強と運動ができて、周りよりも人付き合いが上手《うま》くて、女の子からもモテて。そんな生活に心の底では満足してしまっている。

だから、結城のように叶《かな》えたい夢に対して必死で努力する人間のようにはできない。

藤井は小さい頃から天才と色々な人に言われてきた。実際にスペックだけを見ればそうなのかもしれないが、少なくとも本人は「心がどうしようもなく凡人」と思っている。

そんな凡人を置いて、主人公は夢に向かって突き進んでいく。

今日も今この瞬間も。

「はあ」

藤井は一つため息をつくとドアを開ける。

「結城ー」

「……」

藤井が教室に入り、声をかけたのだが結城は黙々と問題を解き続ける。

どうやら気づいてないらしい。

（凄い集中力だなあ……）

家で宿題をしようとしてるときに、ちょっと家族の話し声が聞こえてくると集中が切れてしまう藤井とは大違いである。

すると、結城の後ろの席の小説を読んでいた女子が。

「結城、アンタに客よ」

と言って結城の椅子を軽く蹴飛《けと》ばした。

「!?」

なかなかに豪快な気づかせ方に少々驚いた藤井だったが。

「……ん？　ああなんだ藤井か。どうした」

結城は慣れているのか平然としていた。

「コイツ、これくらいしないと気づかないから」

女子は本から顔を上げずにそう言った。

「な、なるほど。ああ、ええとこれ……返しに来たよありがとう」

藤井はバッグから結城に借りていた本を取り出して渡す。

「おう。参考になったか？」

「うーん、なったようなならなかったような」

それが藤井の正直な感想だった。

メジャーリーガーが書いている割には基礎的なことが分かりやすく書かれているのだが、それゆえ書かれていることが当たり前すぎて今更学ぶようなことでもないように思うのだ。紹介されている練習方法も、それほど画期的なものではないという印象である。

「あれだろ藤井。読んだだけで書かれてること実際にやってみてないだろ？」

「え？　そうだけど」

「実際にやってみないと深いところまで分からないことは多いぞ。基礎的なことであればあるほどな」

……まあ、お前は器用だから必要ないのかもしれないけど。

と言って結城は勉強道具をバッグに入れる。

「よっし、続きは自習室でやるかな。じゃあな藤井。大谷も」

「う、うん。またね結城」

そう言って結城は教室から出て行った。

「……」

結城が出て行った後、藤井はその場で固まっていた。

「……お前は器用だから必要ないかも、か」

というか、よく見たら返した本が机の上に置きっぱなしである。

「アイツ時々痛いところついてくるわよね」

結城の後ろの席の女子がそう言ってきた。

「ええと、名前は大谷さん？」

「大谷翔子よ」

「じゃあ、翔子ちゃんだね。僕は藤井亮太、よろしくね」

そう言って笑顔を作って笑いかけるが。

「ん、よろしく」

大谷は心底興味が無さそうに一言そう言って本に視線を戻した。

（……あれ、初めての反応）

藤井は自分でも自覚しているが、かなりの美形である。

なので自分に微笑みかけられたら喜ぶか照れるか、どちらかの反応になるはずなのだが。

照れ隠しか？

と思ったが、照れ隠しの場合は目をそらした後もチラチラとこちらの方を見る。

そういうこともなく、しっかりと本のほうに没頭していた。

（……興味湧いたな）

「ねえ、翔子ちゃんなに読んでるの？」

ちょっとオタク気質の女子に話しかけるときの定番文句で聞いてみる。

「『〇〇から噴水!?　美尻《びじり》リーマンの〇〇〇プレゼン』よ」

「え、なんて？」

ほとんど良い子の皆《みんな》には聞かせられないワードが並んでいた。

「だから『〇〇から噴水』」

「いやいや、それは分かったから」

むしろ何度も口にするような言葉ではない。

大谷が本を開いて挿絵を見せてくる。

美形の男同士がくんずほぐれつしていた。

……これは、いわゆるＢＬというやつだったか。

「お、面白い趣味してるね」

「淑女の嗜《たしな》みよ。実質、義務教育だわ」

そんな義務教育は勘弁である。

それにしても、今まで藤井が関わってこなかったタイプの女子だ。

自分が話しかけても興味無さそうにするのもそうだし、これだけ堂々と自分の性癖みたいなものを晒《さら》せるのもそうだ。

よく見れば意外にも顔立ちは整っている。結構好みかもしれない。

やはり興味が湧く。こういう子と付き合ってみるのも面白いかもしれない。

「ホント面白いね翔子ちゃん。ねえ、突然なんだけど僕と付き合ってみない？」

かなり唐突な誘いだが、藤井の経験上すでに彼氏がいた場合を除いてほとんどＯＫをもらっている。

というか実は彼氏がいてもＯＫをもらえることがある。その場合は藤井の方からお断りするが。

さて、大谷の反応はというと。

「……アンタは」

大谷が本から顔を上げて藤井の目を真っすぐ見て言う。

「面白くなさそうね。自分のことが」

「……」

その言葉に藤井は思わず黙ってしまった。

完全なる図星であった。

今日のテストの順位発表を見て、いや、そのもっと前から、自分はなんて退屈で大したことない人間なんだと思っていたのだ。

もしかしたら、普通の人から見れば藤井こそマンガの主人公みたいな充実した青春を謳《おう》歌《か》しているように見えるかもしれない。

でも本物は確かにいる。

ドラマチックで一心不乱で、そして圧倒的な結果を出す人間が側にいるのだ。

あれに比べたら自分なんてただの小器用なだけのモブの一人である。

「……言い過ぎたわ。ごめんなさい」

黙ってしまった藤井の様子を見て、大谷は小さく頭を下げた。

「アタシも少しその気持ち分かるから。苦しいわよね。凄《すご》く苦しくはないけど、毎日ちょっとずつ苦しい」

「そうだね……うん、翔子ちゃんの言う通りだよ」

「特にアンタは見るからに上手く人生やれてそうだから。誰も分かってくれないでしょうしね」

（……すごいなこの子）

と藤井は素直に思った。

今まで誰にも理解されなかった、なんだったら藤井自身も明確に理解していなかった辛《つら》さを完全に理解されてしまった。

「この辛さって結局さ、何かに打ち込んで頑張ることでしか満たせないと思うのよ。アタシも最近昔描《か》くのやめてた絵をまた描きだしたんだけど、結構気分いいわよ」

だから。

と、大谷は結城の机の上に置いてある野球の技術書を手に取って藤井に差し出す。

「今よりちょっとだけ頑張ってみたらどう？」

そう言った大谷の表情は決して愛嬌《あいきょう》のあるものではなかったが、優しさを感じられた。

藤井から好かれようなんて微塵《みじん》も考えていない、こちらのことを本当に考えて言ってくれているというのが伝わってくる。

「……うん、そうだね」

藤井は技術書を受け取った。

「結城にはまだちょっと借りるって言っておいてもらえるかな？」

「いいわよ。頑張りなさい」

大谷はそう言って再び本に視線を戻すのだった。

その日から、藤井は技術書に書いてあることを放課後一人、近所の公園で実践してみることにした。

とはいえやはりやってみてもイマイチ手ごたえはなく、三日目には「もういいかな」という思いが頭をよぎっていた。

しかし。

「あら、ホントにやってるのね」

大谷が一度練習中に公園を通りかかって、その日から毎日藤井の練習を見に来るようになった。

「いいの？　退屈じゃない？」

藤井がそう言うと。

「本読んでるから平気よ。まあ、頑張れって言った手前ね。それに誰かが見てた方がサボり辛いでしょ？」

そう言うのだった。

そんなこんなで、またしばらく続けると段々文字として読んだだけでは分からなかったことにいくつも気づいていくことになる。

今までは読んだだけで分かった気になっていただけで、全然深い部分を分かっていなかったんだなと痛感した。

コントロールの乱れの原因はどうやら背が伸びて体のバランスが変わったことで、軸足の動かし方が変わってしまったからだと分かった。

それを直すための練習も書いてあったので根気よくやっていった。

そして二か月。

見事コントロールは改善した。

たった二か月。結城に比べれば努力と呼んでいいかも分からないレベルであるが、藤井にとってはここまで長く一つのことを努力したことはなかった。

ここまで頑張れたのは、もちろん他でもない大谷のおかげである。

（……こんなこと初めてだな）

藤井に好意を持たれたいからお願いを聞いてくれる女子は今までいくらでもいたが、自分をフった上でここまで付き合ってくれる子など今までいなかった。

本当の意味で思いやりのある子で相手のことを考えられる子なのだろう。

彼女がいると落ち着くし頑張れる。

そういうわけで、藤井はまた告白した。

しかし。

「あんまり軽い感じはアタシ好きじゃないのよ」

と再びお断りされた。

だが、これで引き下がるわけにはいかない。

まだ若いながらも今まで色々な女性と付き合ってきた勘が言っている。

この子は一生ものの相手になる、絶対に捕まえなくてはダメだと。

「じゃあ、真剣だと分かってもらえるまで毎日告白するよ!!」

藤井としては真面目に言ったのだが、どうやら大谷はチャラい冗談だと思ったらしく。

「……はあ。やってみなさい。できるものならね」

と、呆《あき》れた感じでそんなことを言ってきた。

なるほど見くびらないでもらおうじゃないか。

そんなわけで、その日から藤井は毎日大谷に告白することにしたのだった。

エピローグその二　結城麻子からの招待状

その日、結城《ゆうき》は家でいつも通り小鳥《ことり》と夕ご飯を食べていた。

ユイとの一件からすでに一か月以上経って今は十一月。すっかり寒くなって、普段着も冬用の厚手のものに二人とも替わっていた。

「もうすぐ、冬休みだなあ」

「そうですね。まあでも、結城さんは休みでも勉強とお仕事漬けなんでしょうけど」

「……否定はできないな」

結城の予定表には、仕事の予定がビッチリである。

ついでに冬休み中の勉強計画も、かなり濃密に立てていた。冬を越えればいよいよ三年生、受験のシーズンがやってくる。

藤井《ふじい》のように勉強しなくても成績がいいわけではないので、今からでもやれるだけの努力はやっておかなくてはならない。

「なんか、悪いな……冬休みだってのにあんまり一緒に遊びに行ったりとかできなそうで」

「ふふ、平気ですよ」

小鳥は味噌汁《みそしる》の入ったお碗《わん》をテーブルに置きながら言う。

「男の子は自分のやりたいことに一生懸命な方がカッコいいと思いますから」

そう言って優しく微笑んだ。

相変わらず嬉《うれ》しいことを言ってくれる彼女である。

「それに授業がない分、家で勉強する時間が増えるじゃないですか。だから、ちゃんと結城さんと一緒にいられる時間が増えますし。それで十分ですよ」

「小鳥……」

「私、結城さんが勉強してる横顔見るの好きなんです。冬休みは沢山見られそうでワクワクしますね」

「……小鳥ぃ!!」

あまりにも可愛いことを言うので、結城は食事中にもかかわらず箸《はし》を置いて小鳥を抱きしめた。

「ゆ、結城さん⁉　どうしたんですか⁉」

「お前は、ほんっっっとにもう‼」

愛《いと》しすぎる。

俺の彼女が愛しすぎる。

「……よし、決めたぞ。頑張って連休作る。それで一緒にどっか行こう」

「そ、そんな……大丈夫なんですか？」

「どうしても小鳥とデートしたくなったんだ。付き合ってくれるか？」

「その……はい。もちろん、嬉しいです」

小鳥は少しの間ビックリして体が強張《こわば》っていたが、やがて力を抜いて結城に体をあずけてくる。

「さてと、どこ行こうかな？」

どこかに行くと言ったはいいが、元々旅行の類《たぐい》には興味の無かった結城である。

（んー、この時季だし、草津《くさつ》のほうで温泉にでも……）

数少ない近場の観光地の知識を振り絞ってそんなことを考えていると。

ガコン。

と、郵便受けに何かが届いた音がした。

「取ってきますね」

「ああ」

小鳥がいつも通りすぐに反応して、郵便物を取りに行く。

スッと無くなってしまった彼女の体温が惜しくて、一人で手をワキワキしていると。

「結城さんにお手紙ですね。差出人は……あ、結城さんのお母さんからですね」

小鳥が持ってきた手紙には『結城麻子《あさこ》』と差出人の名前が書いてあった。

「ああ、今月の分か。また返事書かないとなあ」

今どき珍しいが、結城と母親は月に一度手紙のやり取りをしている。

ド田舎中のド田舎とは言え、母親もスマホを持っているのだからそれを使えばいいじゃないか、と思うのだが母親に「気持ちを込めてしたためるのが大事なのよ。ソウルよソウル」とわけのわからない理屈で押し切られてしまった。

「さて、今回はどんなことが書いてあるかな……」

前回はA４用紙片面にビッチリと小鳥のことについて聞かれたので、結城もA４用紙表裏にビッチリと小鳥の可愛いところを書いて送り返してやった。

「……あー」

「どうかしましたか？」

テーブルに座って食事を再開した小鳥が、手紙を読んで一人呟《つぶや》いた結城に尋ねる。

「なあ小鳥……さっき言った連休だけどさ」

「はい」

「俺の実家に一緒に行かないか？」

「え？」

キュウリの漬物を口に運ぼうとした小鳥の手がピタリと止まる。

結城が手に持っている手紙には、達筆な筆ペンの字で「年末にアンタの言う太陽系一可愛い彼女連れてきなさいよ」と書かれていた。

……ねえ、結城のせいで悲しんだ子がいるんだけど
一発殴っていい？
いきなり呼び出してなんだよ急に
……なんかよっぽどのことを俺がしたのか？
いや、結城は悪いってわけじゃないけど
んーでも、お前が言うんだからなんかあったんだろ
よし、来い。それでけじめがつくなら
……結城はクリティカルに物分かりがいいよねえ
ごぶっ!!
ドゴ

しょーこちゃん
待ってる姿もかわいいね
……なんか、浮かない面してるわね
まあ……主人公はどこまでもカッコよくてずるいなと思ってね
意味分かんないわよ
さ
え？
なによ、手ぐらい繋ぐでしょ？
……ははは、結婚しようよ翔子ちゃん!!
学生では無理でしょ
じゃあ、卒業したら入籍だね!!
はあ、ホント仕方のない男ね

あとがき

失恋して泣いてる女の子って美しくないっすか？　↑（唐突なサイコパス）

皆さんお久しぶりです岸馬《きしま》きらくです。

はい、というわけでガッツリ大谷《おおたに》主人公で書かせていただきました、『飛び降りようとしている女子高生を助けたらどうなるのか？』三巻です。

読んでいただいた方は分かると思いますが、今回は一冊ほとんど大谷視点で話が進みます。実は本来、三巻にして主人公から思いっきり視点を外して、サブキャラ視点で物語を進めるのはラブコメとしてはあまりベタではない手法です。

しかし、『とびじょ』に関して岸馬は「一冊一冊で、長編映画を観たような満足感を提供する」ということを決めてまして、その時最も面白く書けるモノを書いています。

二巻も実は、いわゆるラブコメのベタなところからは外れていまして。本来なら主人公とヒロインだけでイチャコラするのが普通のパターンなのですが、結城《ゆうき》と小鳥《ことり》の生活を書きつつお隣の親子にスポットをあてるという展開を書きました。

理由は「それが一番面白くなるから」です。

今回は大谷視点の話が「一番面白くなる話だった」という感じですね。

そんな感じで岸馬の個人的なこだわりで色々とやりたい放題やってる今作ですが、お楽しみいただけたら幸いです。

まあ、それはそれとして……。

見ましたか、皆さん!!

表紙に描《か》かれてるダイエット後の大谷!!

なんですかあの超絶美少女は、作者ですら最初誰か分からなかったですよホンマに。

個人的に今まで見てきた二次元美少女の中でも、三本の指に入るくらいに好みでした。

この大谷と付き合えることになった藤井《ふじい》君には、是非タンスの角に小指をぶつけて数分間悶絶《もんぜつ》して欲しいですね。

まあ、大谷は二学期の間に元の体形と眼鏡に戻ってしまいましたが。

大谷には『とびじょ』界のリバウンド王の称号を授けたいと思います。

まあ、元の大谷は大谷でしっかり美少女なんですけどね。魅力に事欠かないキャラです大谷は。

そんなこんなで、次回は結城の実家に小鳥が行く話になります。

ご両親への挨拶《あいさつ》ですよ、ご両親への挨拶。ホントにこの二人はどこまで先に行くんでしょうか。

本作はキャラの赴くままに任せているところがあるので、作者自身もどうなるか予想できない部分が多々あります。

それゆえに大変ですが、書く楽しさもある作品ですね。

さて、そんな『とびじょ』ですが、コミカライズが始まっていることは皆さんご存じでしょうか？

【となりのヤングジャンプ】にて、うるひこ先生執筆によるコミカライズ版が連載中です。

うるひこ先生も美しい絵を描く方なので、気になった方は是非読んでみてください。

じっくり時間をかけて準備してきたので、なかなかのデキに仕上がっていると思います。

最後にものすごい私事ですが、嬉《うれ》しいことがありまして。

『とびじょ』の感想をエゴサしていた時に、「『とびじょ』を読んで、小説家を目指すことにしました!!」という人がいたんですよね。それも何人も。

一人のクリエイターとしてこんなに嬉しいことはありません。

この作品のおかげで、また一つ夢が叶《かな》いました。

『とびじょ』をそこまで好きになってくれた皆さん、ありがとうございます。皆さんが夢を叶える日を心待ちにしています。

それでは皆様、また四巻でお会いしましょう。

とびじょ3巻
発売おめでとうございます!!
今回はいろんな姿の大谷さんを
描かせていただきました!
とても楽しかったです!

3巻発売
おめでとう
ございます！
大谷さんファン
待望の巻…！
いろんな表情が
見れてますます
好きになり
ました
Rotan

飛《と》び降《お》りようとしている女子《じょし》高生《こうせい》を助《たす》けたらどうなるのか？3

著　岸馬《きしま》きらく

角川スニーカー文庫　22980

2022年1月1日　初版発行

発行者　青柳昌行

発　行　株式会社KADOKAWA
〒102-8177 東京都千代田区富士見2-13-3
電話　0570-002-301（ナビダイヤル）

印刷所　株式会社暁印刷
製本所　本間製本株式会社

Printed in Japan　ISBN 978-4-04-112226-6　C0193

★ご意見、ご感想をお送りください★

〒102-8177 東京都千代田区富士見 2-13-3
株式会社KADOKAWA　角川スニーカー文庫編集部気付
「岸馬きらく」先生
「黒なまこ」先生／「らたん」先生

角川文庫発刊に際して

角川源義

第二次世界大戦の敗北は、軍事力の敗北であった以上に、私たちの若い文化力の敗退であった。私たちの文化が戦争に対して如何に無力であり、単なるあだ花に過ぎなかったかを、私たちは身を以て体験し痛感した。西洋近代文化の摂取にとって、明治以後八十年の歳月は決して短かすぎたとは言えない。にもかかわらず、近代文化の伝統を確立し、自由な批判と柔軟な良識に富む文化層として自らを形成することに私たちは失敗して来た。そしてこれは、各層への文化の普及滲透を任務とする出版人の責任でもあった。

一九四五年以来、私たちは再び振出しに戻り、第一歩から踏み出すことを余儀なくされた。これは大きな不幸ではあるが、反面、これまでの混沌・未熟・歪曲の中にあった我が国の文化に秩序と確たる基礎を齎らすためには絶好の機会でもある。角川書店は、このような祖国の文化的危機にあたり、微力をも顧みず再建の礎石たるべき抱負と決意とをもって出発したが、ここに創立以来の念願を果すべく角川文庫を発刊する。これまで刊行されたあらゆる全集叢書文庫類の長所と短所とを検討し、古今東西の不朽の典籍を、良心的編集のもとに、廉価に、そして書架にふさわしい美本として、多くのひとびとに提供しようとする。しかし私たちは徒らに百科全書的な知識のジレッタントを作ることを目的とせず、あくまで祖国の文化に秩序と再建への道を示し、この文庫を角川書店の栄ある事業として、今後永久に継続発展せしめ、学芸と教養との殿堂として大成せんことを期したい。多くの読書子の愛情ある忠言と支持とによって、この希望と抱負とを完遂せしめられんことを願う。

一九四九年五月三日

Next scene
麻子からの呼び出しで実家へと向かうこととなった二人。
しかし、結城の幼なじみとの再開で波乱が――!?
飛び降りようとしている
女子高生を助けたら
どうなるのか？4

2022年春、発売予定

君の紡ぐ物語で
世界を変えよう。
第28回
スニーカー大賞
作品募集中!
大賞300万円
+コミカライズ確約
金賞100万円
銀賞50万円
特別賞10万円
締切必達!
前期締切
2022年3月末日
後期締切
2022年9月末日
詳細は・
ザスニWEBへ
https://kdq.jp/s-award
イラスト/左